চিলেকোঠায় রোদ্দুর
(তৃতীয় খন্ড)

গোপাল পাত্র

ISBN 978-93-5458-868-6

Published in India 2021 by Pencil

A brand of

One Point Six Technologies Pvt. Ltd.
123, Building J2, Shram Seva Premises,
Wadala Truck Terminal, Wadala (E)
Mumbai 400037, Maharashtra, INDIA
E connect@thepencilapp.com
W www.thepencilapp.com

DISCLAIMER: *This is a work of fiction. Names, characters, places, events and incidents are the products of the author's imagination. The opinions* expressed in this book do not seek to reflect the views of the Publisher.

Author biography

গোপাল পাত্র :-   এক অপাংক্তেয় কবি -গল্পকার জীবন যুদ্ধে লড়ে যাওয়া এক হার না মানা সৈনিক - যাঁর হাতিয়ার নির্ভীকতা এবং সততা... বিস্তারিত জানতে গুগোল এ সার্চ করুন বাংলা বা ইংরেজি হরফে লিখুন " গোপাল পাত্র " সার্চ করলেই পেয়ে যাবেন সমস্ত তথ্য !

CONTENTS

চিলেকোঠায় রোদ্দুর তৃতীয় খন্ড

চিলেকোঠায় রোদ্দুর

তৃতীয় খন্ড

গোপাল পাত্র

চিলেকোঠায় রোদ্দুর

একটি মিষ্টি প্রেম কাহিনী

তৃতীয় খন্ড

ফেসবুকের দৌলতে মৌউ ও সজল পরস্পরকে কে খুঁজে পেয়ে যৌবনের বিভিন্ন স্মৃতি আদান-প্রদানের পর একান্তে নিভৃতে দেখা করে সুখ -দুঃখ প্রকাশের মাধ্যমে আবার নতুন করে দুজনে পরস্পরের কাছে আসে ...

আর মৌউ তার প্রথম প্রেম সজলকে খুঁজে পেয়েছে বলে একত্রে কালিঘাটে মায়ের মন্দিরে গিয়ে পুজো ও দেয় !

মায়ের মন্দিরে সজল মৌউ কিছু উপহার দিতে চাওয়ায় মৌউ সজলের কাছে এক কৌটো সিঁদুর এবং একজোড়া শাখা- পলা কিনে দিতে অনুরোধ জানায় ... সজল মৌউ - এর ইচ্ছা সেই পূরণও করে ...

এরপর কিছুদিনের মধ্যে আলাপ আরো বহুদূর এগিয়ে যায়... মৌউ - এর বড় ডাক্তার স্বামীর সুপারিশে সকলকে একটি সম্মান যোগ্য চাকরি পাইয়ে দেয় এবং আনন্দ প্রকাশনী থেকে সজলের একটি বই ও প্রকাশ করে মৌউ নিজের চেষ্টায়...

তারপর...

সজল ও মৌউ দীঘার হোটেলে গান্ধর্ব মতে বিবাহ করে নিভৃতে নির্জনে মধুচন্দ্রিমাও যাপন করে ! কিন্তু দুজনের ফ্যামিলিতে সম্পর্কটা গোপন করে বন্ধুত্বপূর্ণ জীবন যাপন করে বেশ কিছুদিন... একে অপরের ফ্যামিলিতে যাতায়াতের ফলে দুটি ফ্যামিলিতে হৃদ্রতা বৃদ্ধি পায় !

তার কিছুকাল পর মৌউ - এর জীবনে শুরু হয় নতুন অধ্যায় মানে শাসক দলের অধীনে থাকা পৌরসভার ভোটে দাড়িয়ে বিপুল ভোটে জয়ী হয় মৌউ - হাতে আঘাত ক্ষমতা - আম জনতার ভিড়ে মৌউ কি সজলের জীবন থেকে দূরে সরে যাবে ?

না নতুন করে লেখা হবে জীবনের ধারাপাত ...

গোপালপাত্র :- এক অপাংক্তেয় কবি -গল্পকার জীবন যুদ্ধে লড়ে যাওয়া এক হার না মানা সৈনিক - যাঁর হাতিয়ার নির্ভীকতা এবং সততা... বিস্তারিত জানতে গুগোল এ সার্চ করুন বাংলা বা ইংরেজি হরফে লিখুন " গোপাল পাত্র " সার্চ করলেই পেয়ে যাবেন সমস্ত তথ্য !

দ্বিতীয় খন্ডে সাতাশতম অধ্যায়- এর পর

তৃতীয় খন্ড...

আঠাশতম অধ্যায়ঃ-

সামনে পৌরসভা ভোট , মৌউ - এর অফার এল শাসক দলের প্রার্থী হয়ে ভোটে দাঁড়ানোর - অবশ্য প্রাথমিকভাবে এ কথা জানানো হয়েছে, বিধান নগর কর্পোরেশনের চেয়ারম্যান এর তরফ থেকে এই অফার করা হয়েছে ! পরের দিনেই মৌউ বাড়িতে ডেকে আমাকে এই সংবাদ দিলো ...

সব বৃত্তান্ত শুনে আমি হেসে বললাম- বল কি ? এতো আকাশের চাঁদ হাতে পাওয়ার সমান- শাসকদলের টিকিটে জিততে পারলে যে কপাল খুলে যাবে একেবারে...

ও রহস্য করছো- ঠাট্টা করছো তাই না ?

ঠোঁট ফুলিয়ে বলল মৌউ...

মোটিই রহস্য করছি না মৌউ আমি সিরিয়াসলি বলছি- এখন তো পছন্দের সিট পাওয়ার জন্য অনেকে কোটি টাকা খরচ করতে দ্বিধা করে না- সেখানে তুমি যদি বিনা পয়সার টিকিট পাও তাহলে তো পোয়াবারো- তাছাড়া মানুষের পাশে থেকে তাদের জন্য কাজ করতে পারবে- তোমার একাকীত্ব দূর হবে এটাও তো কম কথা নয়।

কিন্তু হাজার লোকের ভিড়ে আমাকে যেন ভুলে যেয়ো না - সহাস্যে কথাগুলো বললাম আমি...

আমার এই কথা শুনে আহ্লাদে আটখানা হয়ে মৌউ বলল তা হয় নাকি তুমি হলে আমার বেস্ট ফ্রেন্ড- ফিলোজফার - গাইড এবং মুখ্য সচিব ...

মৌউ - এর কথা শুনে আমিও ততোধিক উৎসাহিত হয়ে বললাম- তাহলে তো খুব ভালোই হবে... দুজনে পাশাপাশি থাকতে পারবো কেউ সন্দেহের দৃষ্টি তাকাতে পারবেনা ! আর তাকালে ও ক্ষতি কি ? এক ফুৎকারে উড়িয়ে দেব রাজনৈতিক পাওয়ার বা ক্ষমতা বলে একটা কথা আছে না ?

ও তাই ? তোমার তাহলে মত আছে বলছো ?

সবই ঠিক আছে আমার সম্পূর্ণ মত আছে কিন্তু তোমার কর্তা মানে সেন সাহেব কি বলেন ?

ওকে এখনো কিছু বলিনি তবে ও রাজি হবে বলে আমার মনে হয় না ! ওকে তো একাধিকবার অনুরোধ করা হয়েছে প্রার্থী হওয়ার জন্য কিন্তু উনি রাজি হননি ...

রাজি না হওয়ার কারণ ?

কারণ ওর পেশাই মানে ডাক্তারিতে বিঘ্ন ঘটবে- সাধনা নষ্ট হবে পৃথিবীর সেরা ডাক্তার হওয়া যাবে না ! ছাড়াও ওর মতে রাজনীতি এখন কালিমালিপ্ত- খারাপ লোকের ব্যবসায়ে রূপান্তরিত হয়েছে ... যে কেউ রাজনীতির পাকে নিমজ্জিত হয়ে সমস্ত কিছুই খোওয়াতে পারে এক নিমিষেই ...

সেন দা কথাটা কিন্তু খুব খারাপ বলেননি- কিন্তু কি জানো মৌউ ভালো মানুষ রাজনীতি থেকে মুখ ফিরিয়ে নিচ্ছে বলেই চোর- ছ্যাঁচর লুটেরাদের কবলে চলে যাচ্ছে রাজ্য তথা গোটা দেশটা !ভালো মানুষ সৎ মানুষ রাজনীতির ছাতার তলায় না এলে জনগণ বা সাধারণ মানুষের নিষ্কৃতি নেই...

রাজনীতিতে- নৈতিকতা সততার খুবই প্রয়োজন- তবেই তো আমাদের দেশ   পুরানো ঐতিহ্য পুরনো গৌরব ফিরে পাবে ... " ভারত আবার জগত সভায় শ্রেষ্ঠ আসন লবে "

তোমার কথা একেবারেই ঠিক সজল - তাই তুমি যদি আমাকে সাদ দাও - কে কী বলল কার অমত হলো আমার কিছু যায় আসে না... তাহলে টিকিট কনফার্ম করে দি ?

আমিতো তোমাকে পুরোপুরি সাদ দেবোই... কারণ আমি বিশ্বাস করি সমাজের সুপ্রিম পাওয়ার এখন রাজনীতি - এই সুপ্রিম পাওয়ারের মসনদে- একজন সৎ মানুষ- ভালো মানুষ যদি জায়গা পায় তাহলে দেশ ও দেশের অনেক উপকার হবে - জনসাধারণের জন্য অনেক কিছুই করা যাবে !

কিন্তু শুভ কাজে কোন বিবাদ নয় - তোমার পরিবার ও শুভাকাঙ্খীদের মতামতের প্রয়োজন আছে বৈকি... তোমার ছেলে মেয়েও তো এখন Adult... তাদের মতামতের গুরুত্বও কিছু কম নয় !

অবশ্যই ওদের মতামত আমি নেব ... কিন্তু তোমার কথা শুনে ভীষণ অনুপ্রাণিত হলাম আমার সমস্ত দ্বিধা দ্বন্দ্ব মন থেকে দূর হয়ে গেল সজল ।

ঠিক আছে মতামত নিয়ে দেখ কতদূর কি হয় ...আজ যে আমাকে উঠতে হচ্ছে মৌউ -

ঠিক আছে- আর এক কাপ কফি খাবে- দেরি হবে না ফ্লাক্সে গরম করা আছে...

মন্দ হয় না -দাও তাহলে...

এক কাপ কফি পান করেই সে দিনের মতো বিদায় নিয়ে ছিলাম মৌউ - এর কাছ থেকে!

কিছুদিনের মধ্যেই মৌ উ - এর M.L.A হওয়ার টিকিট প্রায় কনফার্ম হয়ে গেল ! সেন দা গড় রাজি হলেও ছেলেমেয়ে অত্যাধিক উৎসাহের সঙ্গে তাকে সমর্থন করেছে ...

মৌউ সেদিন আমাকে ফোন করে বলছিল মেয়ে পিংকি তো আহ্লাদে আটখানা শুনে বলেছে- বাহ তাহলে এম.এল.এ মৌউ বন্দ্যোপাধ্যায় সেনের মেয়ে ভাবতেই কেমন যেন এক্সাইড এক্সাইড লাগছে - কত নতুন নতুন বয় ফ্রেন্ড হবে - হাতে থাকবে অফুরন্ত পাওয়ার- ও ভাবতেও পাচ্ছিনা মম জাস্ট ফাটাফাটি ...

আমার কলেজের সায়ক কে তুড়ি মেরে উড়িয়ে দেবো ব্যাটা ছেলে এমএলএ ছেলে বলে দেমাকে মাটিতে যেনপা পড়ে না ...

মা- মা প্লিজ তুমি রাজি হয়ে যাও দেরী করোনা তাহলে অপরচুনিটি ফসকে যেতে পারে !

আর ছেলে অনিশ - এর মত আমার মতের সঙ্গে অনেকটাই মিল আছে - অনীশ বলেছে সত্যিই মা রাজনীতিতে ভালো মানুষের প্রয়োজন আছে - তবেতো রাজনীতি কলুষতা মুক্ত হবে এবং কালিমালিপ্ত হবে না... আর দেশ ও দশের জন্য কাজ করা সম্ভব হবে !

যখন তুমি ইয়াং জেনারেশন এর মতামত পেয়েই গেছো তাহলে তো কোনো অসুবিধা নেই টিকিট কনফার্ম করে দাও মৌউ... হ্যালো - কিন্তু মনে রেখো আমাকে ভুলে যাবে না তো ? হা হা হা...

না গো না কোনদিনও ভুলবো না - প্রাণ থাকতে না কারন তুমিই হলে আমার অন্ধের যষ্টি ...অন্ধকারে আলোর একমাত্র দিশা ...

উনত্রিশতম অধ্যায়:-

সবেমাত্র অফিস ছুটি হয়েছে বাস ধরব বলে হুড়মুড়িয়ে গেটের বাইরে বেরিয়েই আমি হতবাক ... সহাস্য বদনে দাঁড়িয়ে আছো মৌউ এবং তার উজ্জ্বল রঙের ডাবলু, বি, এম-

তুমি এখানে ?

আমাকে দেখা মাত্রই মৌউ বলে উঠলো কেমন সারপ্রাইজ দিলাম বল ?

আগে গাড়িতে ওঠ তারপরে সব বলছি... গাড়ির সামনে এগিয়ে গেট খুলে দাঁড়ালো...

মৌউ একবার যখন মুখ ফসকে এ কথা বলেছে তখন সে নাছোড়বান্দা তাই অগত্যা গাড়িতে উঠতেই হবে -

যে আজ্ঞে মহারানী ...

দ্যাটস লাইক এ গুড বয়...

গাড়িতে উঠে বসতেই রামজীবন গাড়ি স্টার্ট দিয়ে দিয়েছে...

দুজনে পাশাপাশি বসলাম মৌউ আমার কাছ ঘেঁষে আমাকে আলতো করে বুকে জড়িয়ে বললো - জানো সজল আজকে ভোটে দাঁড়ানোর ব্যাপারটা মানে টিকিট টা ফাইনাল করে ফেললাম! তোমার ভরসায় বুকে সাহস নিয়ে এতদুর পা বাড়িয়েছি তুমি যেন কুলে এসে তরী ডুবিও না সজল ...

আমি যতটা পারবো সাহায্য করবো - কিন্তু তুমি তো সবই জানো মৌউ আমার অফিস- লেখালেখি - সংসারের সমস্ত দায়িত্ব কর্তব্য...

সব জানি তুমি ওসব নিয়ে একেবারেই চিন্তা করো না সজল- আমি আছি তো ...তোমার জন্য আজ একটা না না দুটো বিরাট সারপ্রাইজ আছে ...

কি সারপ্রাইজ ?

ক্রমশ প্রকাশ্য...

মৌউ -এর গাড়ি সেক্টর ফাইব পেরিয়ে যাচ্ছে... আজ যে ফ্ল্যাটে যাবে না তা বোঝা গেল - কৌতুহলী হয়ে প্রশ্ন করলাম কোথায় যাচ্ছি এখন ?

তোমার বাড়ি ...

কিছুটা বিস্ময় নিয়ে বললাম আমার বাড়ি ?

কেন তোমার বাড়ি বলে কি আপত্তি আছে ?

না মানে হঠাৎ করে ?

মানেটা না কিছু না দিদির সঙ্গে আমার কিছু শলাপরামর্শ আছে... তোমার চিন্তার কোন কারণ নেই সজল সমস্ত খাবার দাবার হোটেল থেকে নিয়ে নিয়েছি- সকলে মিলে জমিয়ে খাওয়া দাওয়া গল্পগুজব করব- আর রাত্রে তোমার ওখানে কাটিয়ে কাল সকাল সকাল তোমাকে অফিস পৌঁছে দেব ঠিক আছে ...

বাড়িতে একটা ফোন করি জানিয়ে দি তাহলে ?

দরকার নেই হঠাৎ করে গেলে দিদিকে একটা সারপ্রাইজ দেওয়া যাবে তাই নয় কি ?

মনে মনে বললাম তোমার সারপ্রাইজ এর ঠেলায় আমার জিনা হারাম হওয়ার যোগাড়...মুখে বললাম আমি কি আর বলব এসব ব্যাপারে আমার উজুর - আপত্তি ধোপে টিকবে?

ঠিক আছে ঠিক আছে তুমি চুপটি করে নরম কোলবালিশ মাথা দিয়ে যেমন শুয়ে আছো তেমনই শুয়ে থাকো ... বাড়ির কাছাকাছি এলে তোমাকে জাগিয়ে দেবো কেমন... মৌয়ের মুখে এ কথা শুনে তার নরম বুকে মুখটা একটু বেশিই গুঁজে দিলাম ...মৌউ ও ততোধিক জোরে আমাকে আঁকড়ে ধরল...

পরক্ষণই গাড়িতে গমগম করে বেজে উঠল গান ...

"বন্ধ মনের দুয়ার দিয়েছি খুলে

এসেছে ফাগুন হওয়া,

এখন সবই দেবার পালানেই তো কিছু চাওয়া।

বন্ধ মনের দুয়ার দিয়েছি খুলে

এসেছে ফাগুন হওয়া,

এখন সবই দেবার পালানেই তো কিছু চাওয়া।

বন্ধ মনের দুয়ার দিয়েছি খুলে।।

নাই বা রইলো কোনো আয়োজন

নেই তো কোনো কিছু প্রয়োজন,

নাই বা রইলো কোনো আয়োজন

নেই তো কোনো কিছু প্রয়োজন,

মনের মাধুরী মিশিয়ে দিয়েছি

পেয়েছি পরম পাওয়া।

বন্ধ মনের দুয়ার দিয়েছি খুলে।।

আসুক আঁধারের রাতিজেলে দেবো প্রেমের বাতি,আসুক আঁধারের রাতি

জেলে দেবো প্রেমের বাতি,

এইতো শুরু জীবন সাগরেতরণী বেয়ে যাওয়া।

বন্ধ মনের দুয়ার দিয়েছি খুলে

এসেছে ফাগুন হওয়া...

মৌউ পরম আদর সোহাগে আমার মাথা - মুখ তার দুই বাহু কখনো ঠোঁট নিয়ে খেলা করতে থাকলো... আর আমি আশ্লেষে চোখ বুঝলাম ...আর সারা শরীর মন জুড়ে একটা অদ্ভুত অপার্থিব সুখের আবেশ তৈরি হলো ...

এমন সুখাবেশে যদি সারা জীবনটাই কেটে যেত কত না ভালো হতো... কিন্তু কল্পনা আর বাস্তব তো সব সময় সমান্তরালভাবে চলে - এক বিন্দুতে কোনদিনও মিলিত হয় না !

এবার যে সুখ শয্যা ছাড়িতে হবে মশাই কাছাকাছি চলে এসেছি...

আমি বললাম এক্ষুনি - এমন স্বর্গসুখ ছেড়ে হঠাৎ করে খটখটে মাটিতে পা দিতে ভালো লাগে মৌউ ...

 প্লিজ লক্ষ্মীটি উঠ অন্য কোনদিন সুদে-মূলে সব উশুল করে নিও ...

ত্রিশতম অধ্যায়:-

রাস্তাঘাট সুনসান কোন যানজট না থাকার জন্য ঘণ্টা দেড়েকের মধ্যে আমার বাড়ি পৌছে গেলাম ... বাড়ির পাশের এক চিলতে মাঠে গাড়ি পার্কিং করার সময় গাড়ির হেডলাইটের আলোয় আমাদের বারান্দা উদ্ভাসিত হলো !

উদ্বিগ্ন হয়ে আমার স্ত্রী ও ছোট মেয়ে বাড়ি থেকে বেরিয়ে এলো তাদের মনে হয়েছে আমার কোন বিপদ-আপদ হয়েছে তাই বুঝি গাড়ি করে এসেছি!

গাড়ি থেকে নামতেই স্ত্রীজিজ্ঞাসা করলো... কিগো সব ঠিকঠাক আছে তো ?

সব ঠিকঠাক আছে...

ও যা ভয় পাইয়ে দিয়েছিলে ...

কি দিদি ভয় পেয়েছেন তো সজলের কিছু হয়েছে এই ভেবে তাই না ?

হ্যাঁ ভাই ...

দিদিভাই তোমাকে না জানিয়ে চলে এলাম...তাড়িয়ে দেবেন না তো ?

 না ভাই তাড়িয়ে কেন দেবো হঠাৎ না জানিয়ে এলে একটু অবাক হলাম আর কি - এটা তোমার নিজের ঘর মনে করতে পারো ভাই ...

সজল ফোন করতে চেয়েছিল আমি বারন করেছিলাম ভাবলাম দিদি ভাইকে একটু সারপ্রাইজ দেওয়া যাবে !

তা বেশ করেছ ভাই ...

সজল একটি বার এদিকে দিকে এসো একটু হেল্প করো প্লিজ ...কাছে যেতেই গাড়ি থেকে আমার হাতে খাবারের প্যাকেট গুলো ধরিয়ে দিলো ! ছোট মেয়ে বিস্ময়ের সঙ্গে আমার দিকে তাকিয়ে আছে ! মাসীমণি বলতে সে এক প্রকার অজ্ঞান - তার উপর অত গুলো প্যাকেট দেখে উৎসাহ আর ধরে না !

মাসি মনি এসেছে কি মজা - কি মজা বলে - মৌউ জড়িয়ে ধরল - মৌ সঙ্গে সঙ্গে তাকে কোলে তুলে নিয়ে ঘরে প্রবেশ করল !

গিন্নি সদব্যস্ত হয়ে সমস্ত কিছু গোছাতে শুরু করলো... মৌউ - এর উদ্দেশ্য বলল - কি বলবো ভাই একটু যদি খবর দিয়ে আসতে তাহলে একটু গোছগাছ করে রাখতাম !

ওসব কিছুই নয় দিদি ভাই ব্যস্ত হবার কিছু নেই খাবার দাবার সব নিয়েই এসেছি শুধু তোমার হাতে এক কাপ কফি খাবো তারপর গল্প-গুজব রাতের ডিনার সেরে আজ রাতটা তোমার এখানে কাটিয়ে যাবো ...

শুধু আজ রাতটা কেন ভাই তোমার যতদিন ইচ্ছা এখানে থাকো আমার কোন আপত্তি নেই...

গিন্নির কথা একটা শুনে আমার দিকে তাকিয়ে মুচকি হাসল মৌউ...

মুচকি হাসির রহস্য আমি হাড়ে হাড়ে টের পেলাম ...

আমি একটু রান্না ঘরে যাই ভাই চায়ের জল বসায় ...

হ্যাঁ দিদিভাই শুধু কিন্তু কফি আর কিছু না ...

গিন্নি চায়ের জল বসিয়ে আমাকে তলব করল আমি যেতেই বললো- ও না হয় আবদার করল তুমি তো একটা ফোন করতে পারতে - রাতে থাকবে কি খেতে দেবো? কোথায় শুতে দেবো? তা কি ভেবে দেখেছো ?

গিন্নিকে শান্ত স্বরে বললাম ও নিয়ে তুমি অযোথা চিন্তা করছে - মৌউ রাতের খাবার-দাবার সঙ্গে এনেছে... আর তুমি মিলি মৌউ ও ঘরে থাকবে আমি আর খোকা উপরের ঘরে ড্রাইভার গাড়িতেই থেকে যাবে - কোন অসুবিধা হবে না !

তোমরা হাত মুখ ধুয়ে ফ্রেশ হয়ে নাও কফি প্রায় তৈরি হয়ে এসেছে -

হাত মুখ ধুয়ে ফ্রেশ হওয়ার পর গিন্নি ঘরে প্রবেশ করে মৌউ - এর উদ্দেশ্য বললো ভাই এই আলমারির চাবি - তোমার পছন্দের পোশাক বেছে নিয়ে চেঞ্জ করে নাও ...

আমি ততক্ষণে কফিটা নিয়ে আসি কেমন ?

থ্যাংক ইউ দিদিভাই ...

আমার প্রতি তোমার যত অবিশ্বাস সজল... দেখছো তো দিদিভাই আমাকে তার সংসারের পুরো চাবিটাই হাতে তুলে দিলো...

ভালো খুব ভালো ওর বিশ্বাসের মর্যাদা রেখো - যেন কর্তি হয়ে বসো না -

রাগত ভঙ্গিতে আমার দিকে একবার তাকিয়ে নিল মৌউ...

তুমি কি ঠাট্টাও বুঝোনা ...

বুঝি মশাই ... এবারে একটু বাইরে গেলে আমি উপকৃত হই ...

কেন অসুবিধা কোথায় ?

মারবো একটা থাপ্পর (হাত তুলে)

হাসতে হাসতে আমি চম্পট দিলাম ...

খানিক পরেই মৌউ বলল এ যে মশাই এবার ভেতরে আসতে পারেন...

দেখলাম মৌউ একটা হালকা গোলাপী রঙের তাঁতেরশাড়ি পরিহিতা বেশ সুন্দর বানিয়েছে তাকে - গতবছর নতুন চাকরির স্যালারি পেয়ে মৌউ এবং গিন্নি জন্য দুটি তাঁতের শাড়ি কিনে ছিলাম একটা আকাশী একটা গোলাপী ... আসমানী টা মৌউ পছন্দ করেছিল বাকিটা গিন্নির ... শাড়িটা আমি পছন্দ করেছিলাম বলে হয়তো মৌউ সেটি পড়েছে আজ !

ছোট মেয়ের সঙ্গে মৌয়ের গল্প জমে যাকে বলে ক্ষীর ... এমন সময় ভেজ পকোড়া এবং গরম কফি নিয়ে হাজির হল গিন্নি...

কফির মগে চুমুক দিয়ে মৌউ বলবো - চমৎকার ভেজ পকোড়াটাও লা জবাব দিদিভাই ...

ভাই আমিতো কপি - টপি প্রায় করি নাই বললেই চলে - তোমার যে ভাল লেগেছে শুনে আমি আনন্দ পেলাম ...

কফি পর্ব শেষ করে মৌউ স্বতঃস্ফূর্তভাবে ভাবে বলল সজল, দিদিভাই এবার একটু বসুন কাজের কথা গুলো সেরে নি কেমন ...

দিদিভাই যে জন্য আজ আপনার বাড়িতে আসা আমি আগামী বিধানসভা ভোটে প্রার্থী হচ্ছি আপনাদের আশীর্বাদ চাই - আজই ফাইনাল করলাম !

শুনে গিন্নি বলল আমার আশীর্বাদ এবং শুধু শুভেচ্ছা তোমার প্রতি সব সময় থাকবে তুমি বিজয়ী হয়ে অনেক বড় হও ভাইদেশ ও দশের ভালো হোক এটাই আমি চাই ...

আপনাকে অজস্র ধন্যবাদ দিদিভাই... ওসব তো ঠিকই আছে কিন্তু সজলকে আমার সঙ্গে বেশ কিছুটা সময় শেয়ার করতে হবে- ওর উপর ভরসা করেই আমি ভোট যুদ্ধে নামতে সাহস করেছি ! ও যাতে একটু বেশি করে আমার সঙ্গে থাকতে পারে আমাকে একটু সময় দিতে পারে এ ব্যাপারে তোমার অনুমতি একান্ত প্রয়োজন দিদিভাই ...

এ ব্যাপারে আমি আর কি বলবো ভাই তোমরা যা ভালো বুঝবে তাই করবে আমার কোন আপত্তি নেই ...

আর দিদিভাই আমি নির্বাচনে জয়ী হলে সজল কে ওই কেরানির চাকরি আর করতে হবে না - আর যত তাড়াতাড়ি সম্ভব তোমাদের এখান থেকে আমার পাশের ফ্ল্যাটে শিফট করতে হবে... সেটা একরকম ফাইনাল হয়ে গেছে !

ব্যাগ থেকে একগুচ্ছ কাগজ বের করে গিন্নির হাতে দিয়ে বলল দিদি ভাই এটা আপনার নতুন ফ্ল্যাটে দলিল সব ঠিকঠাক কেবল সই- সাবুধ বাকি ...যদি ভুল করে ফেলি তাহলে ক্ষমা করবেন দিদি ভাই এ ব্যাপারে সজল কিছু জানে না মানে সজল কে ফ্ল্যাটের ব্যাপারে আমি কিছু বলিনি !

আমি বিস্ময় সঙ্গে মৌউকে প্রশ্ন করলাম এত বড় একটা সিদ্ধান্ত নিলে- আমাকে এত টুকু জানালে না পর্যন্ত- এত টাকা পাব কোথায় ?

এত টাকা মানে মাত্র ৩৫ লাখ ও তুমি ছ মাসের মধ্যে শোধ দিয়ে দেবে ...

৩৫ লাখ এটা তোমার কাছে মাত্র হলো তাই তো ? তুমি কি বলছো বুঝতে পারছ ?

হ্যাঁ মশাই সবই বুঝতে পারছি দেখে নিও সব ঠিক হয়ে যাবে... দিদিভাই আপনি প্রস্তুতি শুরু করে দিন !

শুনে আমার মতো গিন্নির ও একই অবস্থা মুখ দিয়ে কথা সরছে না...

ছোট মেয়ে সব শুনে মৌউ উদ্দেশ্যে বলল - আমাদের নতুন বাড়ি হবে গাড়ি হবে মাসীমণি ? ওই তোমার মত গাড়ি ?

হ্যাঁ মামনি গাড়ি - নতুন বাড়ি সব- সব হবে আমার থেকেও ভালো ...

কি মজা - কি মজা বলতে এক প্রকার নিত্য আরম্ভ করে দিল ...

বিষন্ন মুখে মৌউ কে বললাম বড় চিন্তায় ফেলে দিলে ...

চিন্তার কোন কারণ নেই সজল আমি তোমাকে বলেছিলাম তোমার জন্য আজ দুটো সারপ্রাইজ আছে একটা ফ্ল্যাটের এগ্রিমেন্ট প্রায় রেডি - আর দ্বিতীয় টা ?

তোমার মুম্বাইয়ের পাবলিশার ব্লু ডার্ট - এর কর্ণধার মিস্টার আগরওয়াল আমাকে কদিন আগে ফোনে জানিয়েছেন তোমার "চিলেকোঠায় রোদ্দুর" নামক উপন্যাসটি একজন প্রডিউসারের ভীষণ পছন্দ হয়েছে এবং স্ক্রিপ্ট লেখা প্রায় রেডি তোমার সঙ্গে সরাসরি সাক্ষাতে এগ্রিমেন্ট সাইন করবে... সেটা আশা করি গত সপ্তাহে হয়ে যাবে !

এবার খুশি তো ?

নিশ্চয়ই খুশি কিন্তু তাতে কি ?

তাতে কি মানে ? কপিরাইট হিসাবে ওখান থেকে তুমি কয়েক লক্ষ টাকা পাবেই -

বিস্ময়ের সঙ্গে মৌউ প্রশ্ন করলাম কয়েক লক্ষ টাকা ?

অবশ্যই সজল তুমি জানো না এখন একটা বলিউডের ছবি করতে কয়েক কয়েক শ' কোটি টাকা খরচা হয় ...তার যদি ১০০ ভাগের এক ভাগ তুমি পাও তা হলেও কিন্তু কয়েক লক্ষ টাকা ...

মৌউ সত্যিটা না হয় বলেই ফেলো না - প্রডিউসার চলচ্চিত্র মিথ্যা গল্প না বানিয়ে আমাকে ধোঁকা দেওয়ার চেয়ে- বলোনা টাকাটা তুমি দেবে - আমাকে ইমপ্রেস করার জন্য আমার সহচর্য পাওয়ার জন্য !

তুমি ভুল ভাবছো সজল - এটা তা নয় , আমার টাকা আছে নিশ্চয়ই ...কিন্তু আমি জানি আমার কাছ থেকে টাকা নিতে তোমার বিবেকে বাঁধবে ... আর আমি তোমাকে টাকা দিয়ে কিনতে বা ছোট করতে চাই না ... যদি চলচ্চিত্রের ব্যাপারটা সত্যি হয় তাহলে তোমার আপত্তি নেই তো ?

আমি পাবলিশার কে ফোনে বলে দিচ্ছি আগামী ২৬ তারিখ সোমবার আমরা সকাল সকাল দিল্লি উদ্দেশ্যেউদ্দেশ্যে রওনা দিচ্ছি কেমন ? মিস্টার আগরওয়াল প্রডিউসার কে বলে সব ব্যবস্থা ফাইনাল করে রাখবেন !

আমি মুখে কিছু ভাষা না পেয়ে চুপ করে রইলাম ...

মৌউ আবার শুরু করল সজল কে বোঝান দিদিভাই আমি সত্য কথাই বলছি ... কত দিনের স্বপ্ন বলুনতো একটা নিজস্ব ফ্ল্যাট একটা নিজস্ব গাড়ি ...

এই দেখুন আপনার হাজার স্কয়ার ফীটের ফ্ল্যাট - ডাইনিং রুম বেডরুম - গেস্ট রুম - কিচেন বাথরুম সমস্ত টাই মৌউ ফোন থেকে ছবি বের করে করে গিন্নি ও ছোট মেয়ে কে দেখাচ্ছে - এসব দেখেশুনে গিন্নির মুখে কথা সরছে না ছোট মেয়ে গাইবে না নাচবে ভেবে পাচ্ছেনা ...

মেয়ে মৌউ - এর গলা জড়িয়ে ধরে একটা চুমু দিয়ে বললো - ইউ আর গ্রেট মাসীমণি...

একত্রিশতম অধ্যায়:-

নানান গল্পগুজব খাওয়া-দাওয়ার সারতেই একটু বেশি রাতই হল মৌউ ছোট মেয়ে ও গিন্নি একটি রুম শেয়ার করেছে আমিও ছেলে একটা রুমে ...

চোখ বুজে শুয়ে আছি ঘুম আসছে না মোটেই নানান চিন্তায় - এদিকে মৌউ আমার গিন্নির ফিস - ফাস কখনো মৃদু হাসির শব্দ কানে আসছে ... যাক বাবা ওদের আলাপ এবং সম্পর্ক জমে উঠেছে তাহলে - কিন্তু একটা অজানা ভয়ও কাজ করে চলেছে অবিরত আমার মনে- মৌউ আবেগ তাড়িত হয়ে আমাদের আসল সম্পর্কের কথা বলে বসবে না তো ?

মৌউ বুদ্ধিমতী মেয়ে সে কি ও রকম কাচা কাজ করতে পারে তবুও যদি ...

একসময় ফিসফাস হাসি-ঠাট্টা পালা সাঙ্গ হলে বলে মনে হল - কথা না ফুরালও ক্লান্তিতে বোধহয় ঘুমিয়ে পড়েছে- আমি পরম নিশ্চিন্তে নিদ্রামগ্ন হলাম ...

পরদিন সকাল সকাল উঠে সামান্য জলযোগ সেরে মৌউ - এর গাড়িতে করে অফিসের উদ্দেশ্যে রওনা দিলাম- আমাকে অফিস পৌঁছে দিয়ে মৌউ নিজের ফ্ল্যাটে ...

এই সমস্ত কাণ্ডকারখানা - বিলাসবহুল ব্যবস্থা দেখে পাড়া-প্রতিবেশী চোখে ট্যারা হয়ে গেল !

আমার নিবাস এখনও মফস্বলের রীতি - রেয়াজ বদলে পুরোপুরি শহর হয়ে উঠতে পারোনি... তাই পরচর্চা পরনিন্দার এখনো মানুষের মনে বেঁচে থাকার টনিকের কাজ করে ... তাই এইসব গসিপ চলতেই থাকবে - কুচ পরোয়া নেহি !

এইতো সেদিন পাশের বাড়ির মন্ডল গিন্নি আমার গিন্নি কে নাকি বলেছে কি গো - দিদি ভাই তোমরা নাকি শহরে চলে যাচ্ছো - বড় ফ্ল্যাট কিনছো ?

আমার গিন্নী সোজাসাপ্টা উত্তর দিয়েছে নাগো দিদি ফ্ল্যাট নয় একটা ভাড়াবাড়ি দেখেছে - তোমার ভাইয়ের কাজের সুবিধা হবে সেই জন্য ... প্রতিদিন দু'ঘন্টা যেতে দু ঘন্টা আসতে সময় লাগে তাই কাছাকাছি বাসাবাড়িতে থাকলে সুবিধা হবে - এই আর কি ?

কিন্তু মিলি বলল তার মাসীমণি তাকে ফোনে তোলাছবি দেখিয়েছে খুব বড় ফ্ল্যাট ...

হয় তো ওর মাসি মনির ফ্ল্যাটের ছবিটা দেখে ওর মনে হয়েছে আমাদেরও এমন বড় ফ্ল্যাট হবে - দিদি ভাই এটা সত্যি নয় !

কি জানি সত্য মিথ্যা সেটা তোমরাই ভালো করে জানো কিন্তু বলি কি সটলেক - সেতো খুব বড় শহর সেখানে গিয়ে তাল মেলাতে পারবে তো ?

দিন কতক হয়তো অসুবিধা হবে তারপর নিশ্চয়ই আস্তে আস্তে সব ঠিক হয়ে যাবে ছেলে-মেয়ের ইস্কুল তো দেখা ঠিক হয়ে গেছে ...

বলি ওই ভদ্রমহিলাটা কে ? উনার চালচলন কিন্তু ভালো নয় - ঠাটবাট দেখে আমার মনে হল বলেই বলছি ভাই ... দেখো ভাই সজলকে একটু চোখে চোখে রেখো বলা তো যায় না যা দিনকাল শেষে যেন নিজে - নিজেরহাত কামড়াতে না হয় !

কি বলবো দিদিভাই ও সব হাইপ্রোফাইল ব্যাপার তোমার ভাই কি আমার কথা শুনে উঠবে - বসবে ...আমি কোনদিনও চাইবো না !

তাই ওদের যা মনে হচ্ছে- যেটা ভালো বুঝবেতাই করুক- তাতে আমার কি আসে যায় ?আমার ভাত কাপড়ের অভাব না হলেই হল ...

যাও ভাই সাবধানে থেকো কি আর বলব আমাদের পোড়া কপাল এখানেই পড়ে পড়ে মরতে হবে ওসব জিনিস তো আমাদের কপালে জুটবে না ... আসি অনেক বেলা হলো ভাই !

গিন্নির মুখেএই কথা শুনে আমিও ঠাট্টা করে বললাম উনি হয়তো ঠিকই বলেছেন - তাহলে বরঞ্চ কাজটা ছেড়ে দি কি বলো ?

না না ... তোমাকে কিছুই করতে হবে না যেমন চলছে চলুক ... জানোতো মন্ডল গিন্নী বরাবরই ঐরকম পরনিন্দা পরচর্চা পেলে আর কিছুই চাই না - পরনিন্দা পরচর্চা না করলে উনার ভাত হজম হয়না - আমি কিছু মনে করিনি ...

যাক গিন্নির এই কথায় কিছুটা আশ্বস্ত হওয়া গেল...

এদিকে ইলেকশনের দিন যত এগিয়ে আসছে আমার অফিসের কাজ লাটে ওঠার জোগাড় - মৌউ যদিও পৌর চেয়ারম্যান কে বলে আমার ডিউটি টা বাঁধাধরা বাইরে করে দিয়েছি - মানে আমি আমার সময়মতো অফিস করতে পারব আবার যখন প্রয়োজন হবে তখন ছুটি নিয়ে নিতে পারব এই আর কি ?

আমার কাজটি আসলে কি ? মৌয়ের বিধানসভা এলাকায় গিয়ে স্থানীয় নেতৃত্বের সঙ্গে বসে- আলাপ আলোচনার মাধ্যমে তাদের সমস্যার কথা অভাব অভিযোগের বিভিন্ন কথাবার্তা - বিরোধীদের মনোভাব তাদের কম জুরি কোথায় ? এলাকাবাসীর প্রধান প্রধান সমস্যা কি কি ?

আর সেই জ্বলন্ত সমস্যা গুলি কি করলে সমাধান হবে ?

বিভিন্ন সভায় মৌউ - এরবক্তব্যের স্ক্রিপ্ট রেডি করা থেকে জনসাধারণের সঙ্গেনেত্রীর আলাপ আচরণ কেমন হবে সবই ঠিক করে দেওয়ার দায়িত্ব আমার কাঁধে ...

অধিকাংশ সভা-সমিতির কাজ সারতে সারতে রাত হয়ে যায় তাই নিয়মিত বাড়ি ফেরা হয়ে ওঠে না .... আর খাওয়া-দাওয়া সভা-সমিতিতে বা যে কোনো পার্টিকর্মীর বাড়িতেই একরকম বাধ্য হয়েই সারতে হয় !

মৌউ ফোন করে আমার গিন্নিটিকে ম্যানেজ করে... আমিও যথাসাধ্য গিন্নিকে বোঝাবার চেষ্টা করি - তার কথাবার্তা আচার ব্যবহার দেখে মনে হয় বিরক্ত হয় না বরঞ্চ খুশিই হয় ...

আর যে দিন বাড়ি ফিরি সেদিন ভাল-মন্দ খাবার - দাবার - সঙ্গে আনুষঙ্গিক ছোটখাটো গৃহস্থলী সাজ-সরঞ্জাম- প্রয়োজনীয় জিনিসপত্র অথবা এমনি সখ করে ছোটখাটো গিফট সঙ্গে নিয়ে যায়... এই সমস্ত দেখে শুনে আমার ফ্যামিলির রাগ বা অভিমান নিমিষেই গলে জলে পরিণত হতে বেশি সময় নেয় না!

তারপর নিঝুম রাতে গৃহিণীকে একান্ত ভাবে কাছে পেয়ে আদর সোহাগে ভরিয়ে দি তখন আদর সোহাগের আতিশয্যে গলতে গলতে ছোট হতে হতে ছোট্ট শিশুর মত আমার বুকে হারিয়ে যায় !

মাঝে মাঝে আনন্দ অশ্রুতেআমার বুক ভিজিয়ে দেয় আমি তখন তাকে আরো জোরে জড়িয়ে ধরে, মিশিয়ে ফেলি আমার বুকে - ও তখন আবেগভরে বলে তুমি আমার থেকে কখনো দূরে সরে যাবে না তো ?

ওর অভিমান আমি বুঝি সেজন্য আরো নিবিড় জড়িয়ে ধরে বোঝাই-

তোমার কি আমার প্রতি বিশ্বাস নেই?

ও বলে আছে গো আছে তাই তোমাকে বা তোমার কোন কাজে বাধা দিই না - জানি তুমি কখনো অন্যায় কাজ করতে পারোনা ...অপারগ হয়ে হয়তো কিছু কাজ তোমাকে করতে হয় করতে হচ্ছে ভবিষ্যতেও হবে ... কিন্তু আমার আশা বিশ্বাস সব দিক বিচার বিবেচনা করেই তুমি কাজ করো !

আবেগ তাড়িত হয়ে আমি বলি এই বিশ্বাসটাই যে আমার চলার পথের পাথেয় - তোমার বিশ্বাস তোমার দেওয়া এই সম্মতিতেই আমি একদিন অনেক অনেক বড় হবো- তুমি দেখে নিও ...

ও বলে ঈশ্বর তাই যেন করেন আমিও তো তাহলে নিজেকে সৌভাগ্যবতী বলে মনে করব গো ...

বত্রিশতম অধ্যায়:-

সত্যিই তো একজন নারীর একজন পুরুষের প্রতি এই বিশ্বাস বোধই তো সাফল্যের চূড়ায় পৌঁছানোর জন্য যথেষ্ট ...

কিন্তু আমাদের দুজনের জীবনের মধ্যে মৌউ কি অবাঞ্ছিত ? ওর কি কোনো ভূমিকা নেই আমার সাফল্যে সুখ স্বাচ্ছন্দ্যের পিছনে ?

আছে বৈকি- পদার্থবিজ্ঞানে অনুঘটক নামে একটি শব্দ আছে যা যেকোনো দুটি পদার্থের রাসায়নিক প্রক্রিয়াকে তদন্তরিত করে অর্থাৎ অন্য একটি পদার্থ রূপান্তরিত করতে সাহায্য করে !

আমাদের জীবনে মৌউ তেমনি এক প্রকার অনুঘটক এর ভূমিকা পালন করে যাচ্ছে প্রতিনিয়ত ! বিপরিত দিক থেকে আমিও মৌউ - এর জীবনে অনুঘটক এর ভূমিকায়...

কিন্তু আমাদের সমাজ নারী-পুরুষের মধ্যে বাছা বাছা কিছু সম্পর্ককে বৈধতা দিতে দিয়ে থাকে - যেমন স্বামী - স্ত্রী ,ভাই-বোন, মা- সন্তান ,বাবা - মেয়ে , দেবর-বৌদি, বৌমা- ভাসুর, শ্বশুর - বৌমা , শাশুড়ি - জামাই এর বাইরে বন্ধু-বান্ধবী পর্যন্ত ঠিক আছে এরপরে যে কোন সম্পর্ক নৈব নৈব চ...

বর্তমানে অবশ্য প্রেমিক-প্রেমিকার সম্পর্কে গহীন অপরাধ হয় না মানে এক রকম সামাজিক স্বীকৃতি পেয়েছে ...

কিন্তু আমার আর মৌউ- এর সম্পর্ক - দুজনারি সংসার আমার স্ত্রী, মৌউ - এর স্বামী ও দুজনেরই ছেলে মেয়ে আছে যাকে বলে ভরা সংসার - তাহলে সে সব ফেলে কেন বাপু এই সম্পর্ক ?

 আচ্ছা জীবনের বাঁচার মূলমন্ত্র কি ?বাঁচা এবং বাড়া - সুখ-শান্তি সমৃদ্ধি ...মোট কথা ভালো থাকা যখন যেটা চায় তখনই যেন পায় - জীবনের হিসাব চাওয়া-পাওয়া ...

এই চাওয়া পাওয়ার মুলেই কি বিনষ্টের বীজ - পরকীয়া বা যৌন সম্পর্ক তাই প্রাধান্য পাচ্ছে ইদানীংকালে !

যৌনতা ছাড়া কি ভালো বন্ধু-বান্ধব বা প্রেমিক প্রেমিকা হওয়া যায় না ?

হয়তো যাই ...কিন্তু আমরা সেটাকে ততটা প্রাধান্য দিই না প্রকৃতিতে এর উদাহরণ পাওয়া যায় ...

যেমন সূর্যমুখী ও সূর্যের সম্পর্ক ... সূর্যমুখী সূর্যকে কোনদিন সামনা সামনি পাবে না তবুও সূর্যমুখী সর্বদা তার প্রাণে চেয়ে থাকে নিস্পলক দৃষ্টিতে !

আমরা আমাদের জীবনেও যেমন কৈশোর বা বয়সন্ধিকালের প্রেম মানে জীবনের প্রথম প্রেম - আমৃত্যু জেগে থাকে প্রেমিক প্রেমিকা জুটির হৃদয়ে ...

প্রথম প্রেম বয়ঃসন্ধিকালে অর্থাৎ কৈশোরে নারী-পুরুষ নির্বিশেষে প্রায় সকলেই প্রেমে পড়ে - সে প্রেম বড় মধুর -বড় বেশি নস্টালজিক এবং প্লেটোনিক বটে... শুধুই কল্পনা...আর কল্পনা ডানায় ভর করে দিনরাত উড়ে বেড়ানো - আকাশে - বাতাসে সহজে মাটিতে পা পড়তে চায় না যেন ! দিবা রাত্র স্বপ্নের মায়াজাল রচনা - চোখে লেপ্টে থাকে স্বপ্নের কাজল ...

যেকোনো মূল্যে জীবন বাজি রেখে ও প্রিয় মানুষ বা মানুষীর মন পেতে চাওয়া ... তার জন্য কত না আয়োজন নতুন করে সাজিয়ে তোলা বিপরীত মানুষ /মানুষীর জন্য ! আর মনের উঠান জুড়ে সমস্ত আকাশ জুড়ে চাওয়া না পাওয়ার আকুতি অভাব-অভিযোগ মান-অভিমান মিলেমিশে একাকার... কোন শারীরিক বা যৌন উত্তেজনা নয় শুধু একটিবার দেখা চোখে চোখ রাখা আর এক অদ্ভুত কল্পজগতে তাকে নিয়ে শুধুই ভেসে বেড়ানো - বড় জোর একটু হাতে হাত রাখা - নিদেনপক্ষে একটা আলতো চুমু খাওয়া ! আর এই প্রথম প্রেমে পড়েই হাতে খড়ি হয় কত না নামী- দামী কবি -লেখকের সাহিত্য চর্চা ...

তাঁদের মনের মনিকোঠায় হীরে হয়ে জ্বলে প্রথম প্রেম - আর সাহিত্য জগতে তার আলোর ছটাই বারে বারেই আলোকিত হয় আমরা !

তাই বড় নিষ্পাপ-এই প্রেম কোন যৌন সুখ না থাকর সত্ত্বেও

কিন্তু একে অপরের মনে আজীবন হীরে হয়ে জ্বলে ...

 তবে কেন এই অবৈধ সম্পর্ক আর এই সম্পর্কে কি যৌনতা আবশ্যক ?

এই প্রশ্নের সঠিক উত্তর হয়তো আজও অজানা নারী-পুরুষের শারীরিক মিলনের রহস্য মানব কেন দেবতাও এড়িয়ে যেতে পারে না সহজে ...

কবির কথায় "আলো অন্ধকারে যাই মাথার ভিতরে এক বোধ কাজ করে "

 এই যৌনতা এক বোধ যেন শরীরের প্রতিটি কোনায় কোনায় প্রতি শিরায় ধমনীতে - স্নায়ুতন্ত্র প্রবাহিত ...

 সকল ধর্ম শাস্ত্র - দর্শন বিজ্ঞান সঠিকভাবে অনুধাবন করলে তা প্রমাণিত !

বিজ্ঞানের ভাষায় পৃথিবীতে এককোষী প্রাণী অ্যামিবা থেকে শুরু করে সবচেয়ে বড় জলচর প্রাণী তিমি এবং স্থলচর প্রাণী হাতি পর্যন্ত... সকলেই যৌন কাজে মানে যৌন সঙ্গমে লিপ্ত হয়- তবে প্রকার ভেদে ভিন্ন ভিন্ন রূপে... কিন্তু পশু - পাখিদের একটা নির্দিষ্ট সিজেন থাকে যৌনসঙ্গম করার !

কিন্তু আশ্চর্যের বিষয় পৃথিবীর সবচেয়ে বুদ্ধিমান জীব হোমো স্যাপিয়েন্স স্যাপিয়েন্স - এর অর্থাৎ মানবের কোনো সিজেন বা দিনক্ষণ থাকেনা - সেই জন্যই কি এত নির্যাতন বা ধর্ষণ ?

অবশ্য যেকোনো সময় দুটি পূর্ণ বয়স্ক নারী পুরুষ সহমতের বিনিময় যৌন মিলন করতেই পারে এবং এর বৈধতা দিয়েছে আমাদের দেশের মহামান্য সুপ্রিম কোর্ট ...

আর বিপরীত দুই লিঙ্গের শারীরিক মিলন বা যৌনতায় সৃষ্টির মূল চাবিকাঠি... সকল জীবের বংশগতি বজায় রাখার জন্য স্বয়ং সৃষ্টিকর্তাই সকল জীবের মধ্যে যৌনতার অনুভূতি বা বোধের জন্ম দিয়েছেন...সেটা কারও কম কারও ক্ষেত্রে বেশি তাই যৌনতা রোধ করা মানবের পক্ষে সম্ভবপর নয় ...

বাস্তব সমাজে সমীক্ষায় ধরা পড়েছে - অগাধ প্রাচুর্য ধন-সম্পদ - অফুরন্ত ভোগ্য সামগ্রী হ্যালাই ফেলেশুধুমাত্র যৌনতা কে প্রাধান্য দিয়ে অসংখ্য নারী-পুরুষ অন্যের সঙ্গে ঘর ছেড়েছে অন্যের ঘর বেধেছেও...

যৌনতা বা শারীরিক মিলনের অভাবে অসংখ্য নারী-পুরুষ প্রকাশ্যে পরকীয়া বা অবৈধ সম্পর্কে লিপ্ত হচ্ছে !

যতদিন এগোবে এর সংখ্যা ক্রম বর্ধমান - যৌন সম্পর্কের কারণেই ডিভোর্সের সংখ্যাও দিনে দিনে বাড়ছে - তাই বর্তমানে বিবাহবন্ধনে আবদ্ধ না হয়ে যুবক-যুবতীরা জীবন পার্টনার অথবা লিভিং টুগেদারে আগ্রহী হয়ে উঠছে ! এ সংখ্যা দিন দিন বাড়বে বৈ কমবে না ...

শুধু বিদেশেও নয় আমাদের মতো তৃতীয় বিশ্বের দেশও লাইফ পার্টনার বা লিভিং টুগেদার সংখ্যা ক্রমশ বর্ধমান ...

ত্রেত্রিশতম অধ্যায়:-

আসলে আমরা সকলেই এক একটি খাঁচায় বন্দি বরদিয়া পাখি প্রত্যেকে খাঁচার থেকে প্রতিনিয়ত ছটফট করি - খাচা ভেঙ্গে উন্মুক্ত আকাশে উড়তে চায় প্রতিক্ষণে - কেউ খাঁচা ভাঙতে সমর্থ হয় কেউ তো পারে না !কিন্তু সকলের সুযোগ খোঁজে এবং চেষ্টাই থাকে খাঁচা ভাঙার...

লোভনীয় পথ দেখলে যেমন জিভে জল আসে লোভ সংবরণ সহজে করা যায় না তেমনি - যে কোন নারী পুরুষের হাতের কাছে মানে সুযোগ এলে সহজে তাকে এড়িয়ে বা তাড়িয়ে দেওয়া যায় না - আর যতই কাছে আছে দুজনের ততই অতল গহীনে তলিয়ে গিয়েও তাদের কোনো অপরাধবোধ হয়না !

অনেকেই যৎসামান্য টাকা পয়সার বিনিময়ে পতিতাপল্লীতে গিয়ে নানা রঙের নানা ধরনের শরীর উপভোগ করে প্রতিনিয়ত তাদের সংখ্যাও বাড়ছে দিনে দিনে - সমানভাবে নারী হরণ নারী পাচার সংখ্যা অগনিত...

শুধু যে নারীরাই গণিকাবৃত্তি করছে তাই বা বলি কেন এ ব্যবসায় পুরুষেরাও কম যায়না তারাও শহরের অলিতে গলিতে দেহব্যবসায় সমান তালে তাল মিলিয়ে চলেছে ...

এই সব দেখে শুনে সহজে অনুমেয় - যে নারী-পুরুষ নির্বিশেষে যৌনতার চাহিদা মেটাতে বেশ্যাখানা বা রেন্ডি খানায় যায় প্রতিনিয়ত !

এছাড়াও ইদানিং অতি ভদ্র ঘরের মেয়েরাও বউরাও কম-বেশি টাকার বিনিময় দু এক রাতের জন্য পরপুরুষের সঙ্গে রাত কাটাতে দ্বিধা করেন না ...তারাও তো দিব্যি ঘর গৃহস্থালী সামলাচ্ছে কোন অসুবিধা হয় না সামাজিক মেলামেশা করতে ... তাহলে সমাজের হাল যদি এরকম হয় - তাহলে মৌউ ও সজলের বেলায় সম্পর্ক অবৈধ কেন ?

তাছাড়াও মৌ সজল অপরের পূর্বপরিচিত - তার উপর প্রাক্তন প্রেমিক -প্রেমিকা তার পরেও উপর তারা দিঘার হোটেলে গান্ধর্ব মতে রীতিমতো সজল ধুতি - পাঞ্জাবী , মৌউ বেনারসি শাড়ি পরে যেটা হিন্দু শাস্ত্র মতে বিবাহের পোশাক - পরে সিঁথিতে সিঁদুর দিয়ে অবশ্য পুরোহিত ছাড়া গান্ধর্ব মতে বিবাহ করেছে এবং সেই রাতে ফুলশয্যা করেছে একত্রে ... এখানে তাহলে দুজনের সম্পর্কটা শাস্ত্র মতে এবং আইন মোতাবেক অবৈধ টা কিসের ?

একাধিক বিবাহ হিন্দু শাস্ত্র মতে এবং আইন মোতাবেক অবৈধ - এটা একটু ভুল ব্যাখ্যা হল ...

আইনগত দিক থেকে যেটি সত্যি সেটা হল বিবাহ অবৈধ নয়

বিবাহ আইনে বলা আছে দ্বিতীয় পক্ষের স্ত্রী স্বামীর সম্পত্তির অধিকার পাবে না কিন্তু তার সন্তান সন্ততি পাবে !

যদিও ইতিহাস ঘাঁটলে এই কথার যুক্তি মোটেই ধোপে টেকে না কারন আগেকার দিনে এক এক জন কুলীন ব্রাহ্মণদের শুধু একাধিক স্ত্রী নয় সহস্রাধিক স্ত্রী বর্তমান ছিল !

অগাধ পাণ্ডিত্য বিশাল প্রতিপত্তি কিংবা অগাধ ঐশ্বর্য দেখে কিন্তু নয় কেবল মাত্র কুলীন ব্রাহ্মণ হওয়ার সুবাদে- শত শত অরক্ষণীয়া মেয়ের পিতা-মাতারা উক্ত ব্রাহ্মণদের দোরগোড়ায় মাথা ঠুকতো... মেয়ের খোরাক পোষ্য না দিয়েও - শুধুমাত্র বিবাহ করে তার মেয়েকে উদ্ধার করার জন্য... সেই কুলীন ব্রাহ্মণ এর বয়স আঠের কিংবা হোক না আশি ...

তখনকার সমাজে একটা বাক্য প্রচলিত ছিল যে ব্রাহ্মণের রাঢ় (শয্যাসঙ্গিনী) যত বেশি সে সমাজে প্রতিষ্ঠিত তত বেশি ! অর্থাৎ স্ত্রীগণের সংখ্যা দিয়ে বিচার করা হত কত কুলীন !

স্বাভাবিকভাবেই কুলীন ব্রাহ্মণ টিরকতগুলো বিয়ে কতগুলো বউ কটি শ্বশুরবাড়ি মনে রাখা সম্ভবপর হতো না - ওই টিকিধারী ব্রাহ্মন্ টি তাইএকটা মোটা জাবদা খাতা সর্বদা বয়ে বেড়াতে - খাতাতে লেখা নাম ঠিকানা দেখে দেখে এক এক বার বা এক একদিন এক একটি শ্বশুরবাড়ি উপস্থিত হত-

কুলীন ব্রাহ্মণ এর দৌলতে জামাইয়ের গৃহপ্রবেশ - থাকা স্ত্রীর কাছে রাত কাটানো - খাওয়া-দাওয়া- সব ক্ষেত্রীই আলাদা

আলাদাভাবে দক্ষিণা প্রদান করতে হতো মেয়ের বাবাকে গুনে গুনে কড়ায়-গণ্ডায় ...

আর সমস্ত দক্ষিণা দিতে অপরাধ বা রাজি না হলে জামাই বাবাজি আঙিনা থেকে বিদায় নিতেন আর জামাইয়ের কোনদিনও পাত্তা পাওয়া যেত না !একবার ভাবুন তো সেকালের মেয়ের অবস্থা ?

যৌন চাহিদা তো দূর অস্ত স্বামীর ঘর সংসার কিছুই জুটতো না কস্মিনকালেও তার উপর মেয়ের দশ - বার বছরেই বিবাহ হয়ে বাবার ঘরে থাকতো চাকরানী সেবাদাসী হয়ে... বয়স বাড়ার সাথে সাথে নারীর শরীর জ্বলন্ত আগুনের শিখা - আগুন নিভবে কি করে ?

বর্তমান সমাজে যেমন কেষ্ট - বিষ্টুর অভাব হয়না তখনো কেষ্ট - বিষ্টুর সংখ্যা কম ছিল না ওই গৃহ পালিত রমণীরা সুযোগ পেলেই তাদের সাথে পরকীয়ায় লিপ্ত হয়ে শারীরিক এবং মানসিক খিদে মেটাতে সমাজের সব আগল ভেঙেই ... গরুর মুখে জালতি দেওয়া থাকলেও গরু কিন্তু ঘাস খায় তেমন আর কি ...

তাতে কি মন ও শরীরের জ্বালা মেটে তেমনভাবে ?

এভাবেই দিন কাটত তারপর একদিন খবরও আসতো কুলীন ব্রাহ্মণ টি তথা পতিদেবতাটি পটল তুলেছেন - সেই সদ্য কিশোরী মেয়েটাকে বাবা-মা বিয়ের সাজে সাজিয়ে শ্বশুর বাড়ি নিয়ে যেত এবং রীতিমতো ঢাকঢোল - বাজনা বাজিয়ে স্বামীর চিতায় তুলে দিত !

জয় - সতী মায়ের জয় এই ধ্বনিতে আকাশ-বাতাস মুখরিত হতো আর সদ্য কিশোরীর যৌবনজ্বালা স্বামীর চিতার আগুনে জ্বলে পুড়ে ছাই হয়ে যেত - স্বামীর চিতায়...

সহমরণে গেলে সেই মেয়ে সতী বলে আখ্যা পেতে এবং মেয়ের বাবা-মা সমাজে অনেক সম্মান বাড়তো - সত্যিই কি তাই ... মা বাবা মেয়ের জন্য সারা জীবন ডুকরে ডুকরে কেঁদে মরত ...

ওই কুলীন ব্রাহ্মণ এর সমস্ত স্ত্রী মানে শতাধিক স্ত্রী কি সঙ্গে সহমরণ যেত ?

তা কিন্তু নয় কিন্তু সামাজিক নিয়ম অনুযায়ী সেই সব বিধবা মেয়েদের তার বাবার বাড়িতে আর ঠায় হত না -

অনেককেই অনিচ্ছাসত্ত্বেও একরকম জোর করেই বিধবা আশ্রমে পাঠিয়ে দেওয়া হতো ... আট থেকে আশি বছর পর্যন্ত সব বিধবা মহিলারা থাকতো - সকলকে বিধবাদের রীতি-রেওয়াজ মেনে চলতে হতো অবশ্য ব্যতিক্রম কিছু কিছু ছিল যেমন আশ্রমের যিনি কর্ত্রী তার অঙ্গুলি হেলনে সকলকে চলতে হতো !

আশ্রমের কর্ত্রির সঙ্গে বিভিন্ন সমাজপতি- জমিদার এবং বিভিন্ন পতিতালয় ও নাচমহলের যোগাযোগ থাকত ... সুন্দরী কিশোরী বা যুবতী বিধবা কে পয়সার বিনিময়ে সেখানে পাঠানো হতো

কখনো নৃত্য পরিবেশন বা কখনো শয্যা সঙ্গিনী রূপে ...

কর্তির কথা না শুনলে তার কপালে জুটতো অশেষ দুঃখ - কিছু কিছু সময়ে সদ্য যুবতী বা কিশোরী বিধবারা সমাজের বাইরে আসার সুযোগ পেয়ে কিছু বাবুদের সঙ্গ লাভ করে প্রেমে পড়তো - বা প্রেমের জালে ভেসে যেত - তারপর হাতেনাতে ধরা পড়লে তার শেষ গতি হত কলসি নিয়ে জলে ডুবে মরা বা সমাজচ্যুত হয়ে শৃগাল কুকুরের খাদ্য অবশেষে ভিক্ষাবৃত্তি ...

সকলকে কি বিধবা আশ্রমে পাঠানো হতো তা কিন্তু নয় - তাদের অবস্থা কি রকম হতো ?

কি আর হতো সমাজের মানুষ রূপি শৃগাল-কুকুরের পৌষ মাস হত... কেউ ধনী সুদখোর - জোতদার কিংবা জমিদারদের দাসি কাম গণিকার ভূমিকা নিত !অনেকে নিজে থেকেই বেছে নিত বেশ্যাবৃত্তি নাহলে কেইবা সমাজের শৃগাল- কুকুরের খাদ্য হতে যাবে শখ করে !

এমনিই সব ক্যাটাগরিতে পড়তো কুলীন ব্রাহ্মণের সদ্য বিধবা সুন্দরী যুবতী নারীর কপালেই ...

আজ সমাজ বদলেছে কিন্তু নারীর মান বদলেছে কি ?

আজ কিছু কিছু ক্ষেত্রে নারীরা অবশ্যই এগিয়ে - এর মধ্য পরকীয়াই নারীরা অবশ্যই এগিয়ে - এটা কিন্তু আমার কথা নয় সমীক্ষা বলছে ... এতে তেমন দোষ দেখি না হয়তো মনে পুষে

রাখা ইচ্ছা গুলোই প্রতিফলিত হচ্ছে বর্তমানে... যতই তাদের গৃহ বন্দি করে রাখা হোক তার উন্মুক্ত আকাশে ঘুরে বেড়াতে চাইছে -

এটা ভালো কিন্তু সব দিক দিয়ে এগিয়ে আসার প্রয়োজন আছে শিক্ষা - সামাজিকতা এবং রাজনীতির ক্ষেত্রেও মহিলাদের অগ্রণী ভূমিকা পালন করা কর্তব্য বলে আমি মনে করি !

এখনও সমাজের ঘৃণ্য পণপ্রথার বলি হতে হয় মেয়েদের - ছেলে মেয়ে স্বশিক্ষিত হলোও বিয়ের সময় মেয়ে বাবাকে নগদ টাকা পণ এবং উপঢৌকন দিতে হয় - না দিলে মেয়ের সংসার সুখের হয় না বা মেয়ের সঙ্গে কুৎসিত ব্যবহার করে ছেলের ফ্যামিলি অথবা শেষ পর্যন্ত তাকে ডিভোর্স পর্যন্ত করতে বাধ্য করানো হয়... এটা চলতে দেওয়া যাবে না এইসব মেয়েদের সমস্যা মেয়েদেরকেই সমাধানে এগিয়ে আসতে হবে!সমাজের বদল সম্ভব ...

চোত্রিশতম অধ্যায়:-

বিগত কয়েক মাসে মৌউ ও সজলের জীবনে অনেক পরিবর্তন ঘটেছে... ভালো জনসংযোগের কারণে জনগণ তাদের আশীর্বাদ দিয়েছে উজাড় করে আর ওই আশীর্বাদেই ভোটবাক্সে রূপান্তরিত হওয়ার ফলে বিধাননগর পৌরসভার মধ্যে সবচেয়ে বেশি ভোটে বিজয়ী হয়েছে মৌউ!

মৌউ এর পরিচিতি অধিক হওয়ার কারনে এবং ডাক্তার সেনের স্ত্রী হওয়ার সুবাদে এবং লেখিকা হিসাবে পরিচিতি থাকায় একরকম বিনা প্রতিদ্বন্দিতায় পৌরসভার সহ মেয়রের পদটি অলংকৃত করেছে সে...

সজলের পদমর্যাদাও বৃদ্ধি পেয়েছে, সহকারি টেক্স কলেক্টর থেকে প্রধান টেক্স কলেক্টরে পদোন্নতি হয়েছে, মাইনেই বেড়েছে একধাপে অনেকটাই- এছাড়াও নানা রকম উপটোকন তো আছেই... তার উপর মৌউকে পৌরসভার মধ্যে সবচেয়ে বেশি ভোটে জেতানোর কৃতিত্বের মূল দাবিদার তো সজলই তা সকলেই প্রায় এক বাক্যে মেনে নিয়েছে !

তার ফলস্বরূপ পৌর বোর্ডের উপদেষ্টা কমিটিতে তার নাম এসেছে সর্বাগ্রে...

সজল ফ্যামিলি সমেত নতুন ফ্ল্যাটে উঠেছে ... ছেলে ভালো ইঞ্জিনিয়ারিং কলেজ মেয়ের নামি বেসরকারি স্কুলে এডমিশন - সবই হয়েছে মৌউ এবং শাসকদলের দৌলতেই ! সজলের গিন্নি ও খুশি যাকে বলে সুখী পরিবার- সুখী দাম্পত্য ...

মৌউ এবং সজলের পরিবারের মধ্যে হৃদ্রতা ও বেড়েছে কয়েক গুণ সময় ও সুযোগ পেলেই দুই ফ্যামিলিতে মিলে পার্টি থেকে পাটিসাপটা- খানা থেকে পিনা কিছুই বাদ যায় না !

সজল এখন নিয়মিত মৌউ এর গাড়ি করেই অফিস যাতায়াত করে- ইচ্ছা করলেই কিন্তু সজল গাড়ি কিনতে পারে - তবুও ভাবে কয়দিন যাক না এইতো ভালো !

মৌউ - এর গাড়িতে কি তার অধিকার নেই ? কে বলল নেই - মৌউ নিজেই তো বেশ খুশি হয় তার গাড়িতে গেলে! এমনিভাবেই দিন যদি যাক যাক না ...

ডাক্তার সেন যখন শহরে থাকে তখন দুই ফ্যামিলিতে আয়োজিত চা-চক্র কিংবা ডিনারে অংশগ্রহণ করে- সঙ্গে মৌউ মেয়ে পিংকি ও থাকে মাঝে মাঝে -

আজকাল পিংকি আমার বড় ভক্ত হয়ে উঠেছে- সেদিন হঠাৎ করেই বলে উঠলো কনগ্রাচুলেশন আঙ্কেল ...

হঠাৎ করে এই অভিনন্দন কারণটা কি মামনি ?

মানেটার কিছুই নয় আঙ্কেল তোমার উপন্যাস চিলেকোঠায় রোদ্দুরের - স্ক্রিপ্টে যে সিনেমাটা রিলিজ করেছে আমরা কয়েকজন বন্ধু মিলে গতকালই দেখলাম- কোন কথা হবে না জাস্ট ফাটাফাটি ...তোমার কোন জবাব নেই -ইউ আর গ্রেট আঙ্কেল ...

থ্যাংক ইউ মামনি তোমাদের ইয়ং জেনারেশনের যে পছন্দ হয়েছে এটাই আমার কাছে সৌভাগ্যের ...

ওই সিনেমাটা দেখে আমার বন্ধুরা তোমার ফ্যান হয়ে গেছে - তাই আমরা ডিসিশন নিয়েছি নেক্সট নবীন বরণ অনুষ্ঠানে তোমাকে আমাদের কলেজে Chief Guest করবো এ ব্যাপারে প্রিন্সিপালের সঙ্গে আমাদের একপ্রস্থ আলোচনা হয়ে গেছে... তুমি যাবে তো?

ও সিওর মাই বয়- অলওয়েজ ওয়েলকাম...

থ্যাংকস এ লট আঙ্কেল...

সে তো জানেন না যে এই উপন্যাসটি মৌউ আর আমার জীবনের কাহিনী শুধু চরিত্রের নাম দুটো বদল করে দিয়েছি এই যা...

আমি পিংকির উদ্দেশ্যে বললাম - কেন যে তোমাদের এই সিনেমাটা ভালো লাগলো ? এটা একটা নিষিদ্ধ অবৈধ প্রেম কাহিনী অনেকেই আমাকে কমেন্ট করে তা জানিয়েছেন ...

আমার প্রশ্ন শুনে পিংকি কিছুটা উত্তেজিত হয়ে বলল মোটেই না যারা এ কথা বলে তারা ব্যাকডেটেড - পুরনো আনমডেলিস্টেট ... এক জন লেডি তার ফ্যামিলিতে হোল লাইফ Neglected হয়ে মৃত্যুকে ওয়েলকাম করার চেয়ে... Ex-boyfriend কে সবকিছু উজাড় করে দিয়ে Gets a new life তাহলে Where is the difficulty ?এছাড়াও ওরা তো কোন Orgy মানে বেলেল্লাপনা করেনি দুজনে Properly married ...

This is modernity, this is real আক্কেল- আর পুরো সিক্যুয়েন্স জুড়েই তুমি সেটা বোঝাতে পেরেছো - That's why we like it .

পিংকির কথা বার্তা শুনে মৌউ মিটিমিটি হাসছে আর আমার দিকে আড়চোখে তাকাচ্ছে- এই চাহুনির মানে নিজের নতুন করে পাওয়া, নিজেকে নতুন রূপে গড়ে তোলার পরম আত্মতৃপ্তির ...

পিংকির কথাতে আমিও এক্সাইটেড হয়ে বললাম তোমাদের ওই নবীন বরণ অনুষ্ঠানের চিপ গেস্ট হিসেবে আমি যেতে রাজি- আমাকে আগেভাগে ডেটটা জানিও কিন্তু ...

আর ভাগ্য সদয় হলে এই উপন্যাসের নায়িকাকেও সঙ্গে করে নিয়ে যেতে পারি তোমাদের কলেজে ...

সত্যি আঙ্কেল ? এমন কেউ আছে নাক

অবশ্যই আছে মামনি - গল্প বা উপন্যাস শুধুমাত্র কল্পনাতে লেখা যায় ঠিকই- কিন্তু তা লিখলে মানুষের হৃদয় স্পর্শ করে না বা সে লেখা কাল জয়ী হয় না !

বাস্তবের কিছু স্পর্শ বাকিছু উপকরণ না থাকলে সে লেখার পূর্ণ অবয়ব গঠিত হয় না - জল ছাড়া মাছের অস্তিত্ব যেমন ক্ষণস্থায়ী - সেই রকম আর কি ...

আমার কথা শুনে পিংকি উৎসাহের সঙ্গে বলে উঠলো ইউ আর গ্রেট আঙ্কেল- তাহলে নিশ্চয়ই আপনার নায়িকার সঙ্গে আমাদের সকলের পরিচয় করে দেবেন ?

অবশ্যই- কিন্তু হান্ডেট পার্সেন্ট কথা দিতে পারছি না মামনি - উনি যদি রাজি হন তাহলেই সম্ভব !

ঠিক আছে আঙ্কেল আমি আগে থেকে আপনাকে ডেটটা জানিয়ে দেবো- এখন তাহলে উঠি কেমন?

একথা বলেই পিংকি তার নিজের ঘরে চলে গেল !

মিলি চলে যেতেই আনন্দ অভিমান মিশ্রিত কণ্ঠে মৌউ আমাকে বলল - বাবুর বুকের পাটা খুব চওড়া হয়েছে দেখছি...

হঠাৎ একথা কেন মৌউ?

ওই যে তোমার উপন্যাসের নায়িকা কে হাজির করানোর কথা বললে - মেয়ের কাছে নিজের মাকে পরকীয়া উপন্যাসের নায়িকার পরিচয় - কী প্রতিক্রিয়া হবে ভাবতে পারছ ?

সব টা হয়তো ভাবতে পারছি না কিন্তু খানিকটা ভেবে মনে মনে আনন্দই পাচ্ছি বই কি ... দেখবে যখন তুমি ছাড়া অন্য কোন রমনী আমার সঙ্গে যাবেনা তখন মিলি বা অন্য কোনো বন্ধুবান্ধব আমার কাছেই প্রশ্ন করবে না , মানে কে আমার উপন্যাসের নায়িকা? তা জানতে ও চাইবে না ভাববে হয়তো উনি আসেননি ...

যদি প্রশ্ন করে কি উত্তর দেবে ?

বলব উনি হয়তো আমার সঙ্গে আসেননি কিন্তু সদাসর্বদা উনি ছায়া সঙ্গী হয়ে আমার সঙ্গেই আছেন ... দেখার চোখ থাকলে অবশ্যই দেখতে পাবে -এই ওষুধে কাজ না হলে সোজাসুজি তোমাকে দেখিয়ে দেবো - যে বিশ্বাস করবে করবে যে না করবে না করবে না - ঝঞ্ঝাট মিটে গেল !

পঁয়ত্রিশতম অধ্যায়:-

কখনো ডক্টর সেন চা-চক্রে বা ডিনার চক্রে অংশগ্রহণ করে - মৌউ ও আমার গিন্নী নানা পদ আয়োজনে ব্যস্ত-ছেলেমেয়েরা খোশগল্প করে,মুখরোচক খাবার দাবার খায় ...

মিস্টার সেন আমাকে উদ্দেশ্য করে বলে ওরা যা করছে করুক-আসুন আমরা একটু সুখ দুঃখের গল্প করি- মুখোমুখি বসে গল্প জমে ওঠে যথাসময়ে বের হয় নামী বিদেশি ব্র্যান্ডের পানীয়-ইলিশ মাছ ভাজা বা কখনো কাজু কিসমিস সহযোগে এক - দু পাত্র সুরা পানও চলে ... আমি মোটেই সুর ও সূরার ভক্ত নই-কিন্তু সেন দার সঙ্গে সঙ্গ দিতে এই উন্নতি বা অবনতি ...

প্রথম প্রথম এক একটি ব্র্যান্ডের দাম দেখে চক্ষু ছানাবড়া হবার জোগাড় কোন টা ৫৫ হাজার কোন টা আবার ৭৫ হাজার ... ইদানিং অবশ্য চোখ সয়ে গেছে ! মাঝেমধ্যে মৌউ ও আমাদের সঙ্গে যোগদান করে এক - দু পাত্র নিয়ে সঙ্গ দান করে...আমার গিন্নী ওদিকে ধার মাড়ায় না - বা আমার ব্যাপারে আপত্তিও করে না!

পানীয়র মূল্য চোখ সহা হয়ে গেলেও মনে মনে ভাবি এটাই কি সত্যিই অমৃত ? আচ্ছা কি দিয়ে তৈরি হয় ?

আমি একটি বইয়ে পড়েছিলাম শ্যাম্পেন পৃথিবীর বিখ্যাত

মদিরা ...আঙ্গুরের নির্যাস থেকে তৈরি হয় , মানে আঙ্গুরের রস ফুঁটিয়ে তার বাষ্প টুকু ধরেতার সাথে বিভিন্ন মেডিসিন মিশিয়ে শ্যাম্পেন তৈরি হয় ? আর তা নাকি স্পেন দেশে পাওয়া যায় !

এই ছোট্ট বোতলের যা মূল্য - একজন নিম্ন মধ্যবিত্ত ফ্যামিলির একবছরের দিব্যি সংসার চলে যাবে... ষাট হাজার টাকা মানে মান্থলি পাঁচ হাজার... আমাদের দেশে অনেকেরই ওই টাকা মাস মাইনে হয় না- অনেকেই বা বলি কেন - বছর কয়েক আগে আমারও তো ছিল না!

আর আমরা দু - তিন জনে এক ঘণ্টা বা তার একটু বেশি সময়ে তা পান করে ফেলছি!একে কি বলে আভিজাত্য ? একে কি বলে বৈভব? হয়তো একেই বলে সত্যি কারের বিলাসিতা ।

আরো ভাবী এই জন্যই বোধহয় কোটি- মিলিয়ন বিলিয়ন ডলারের প্রতি মানুষের এত ঝোঁক ... সুর ও সূরা সঙ্গে যুক্ত হয় মেয়ে মানুষ - আর এই ত্রি সঙ্গম ও উচ্চাঙ্গের নানা নেশার কবলে পড়ে মিলিয়ন- বিলিয়ন ডলারের মালিক পথে বসে দেওউলিয়া হয়ে যায়...

এখন তো আকছাড় এই সমস্ত খবর দেখতে পায় বিভিন্ন সংবাদমাধ্যম এবং সোশ্যাল মিডিয়ায় ।

এসব কথা মনে হলেও মৌউ বা ডাক্তার সেনের কাছে কোনো দিনই বলি না- বললে হয়তো আমাকে ব্যাকডেটেড ভাববে বা অসামাজিকও ভাবতে পারে এই ভয়ে...

ডাক্তার সেন আমার মধ্যে নানারকম আলোচনা হয় দেশ-কাল-পাত্র রাজনীতি- পারিবারিক যেকোনো বিষয়ের ভদ্রলোকের জ্ঞান কিন্তু অপরিসীম... একদিন কথা প্রসঙ্গে বললেন জানেন মিস্টার দাস দিন যদি বারো ঘন্টার বদলে আট চল্লিশ ঘন্টা হতো তবেই বুঝি সব ঠিকঠাক হত...

এই যে আপনার সঙ্গে মৌউ- এর সঙ্গে বসে গল্প করছি কেমন ভাল লাগছে- হয়তো এক্ষুনি ফোন এলো কোন মুমূর্ষু রোগী এসেছে মেডিকেল টিম বসাতে হবে - তাহলেই হয়ে গেল... আবার রোগী যদি কোন বিখ্যাত পরিবার কিংবা পলিটিকাল লিডার হয় তাহলে তো কথাই নেই ... সব ছেড়েছুড়ে এক্ষুনি ছুটতে হবে নার্সিংহোমে !

একবার হয়েছে কি আমাদের সবে নতুন বিয়ে হয়েছে- মৌউ তোমার নিশ্চয়ই মনে আছে ? সে রাতে বৃষ্টি পড়ছে অবিরত দুজনের সজ্জা নিয়েছি রোমান্টিক সিন চলছে- ফিল্ম মাঝপথে এমন সময় ফোনটা উচ্চস্বরের চিৎকার করে উঠল- সমস্ত রোমান্স জলাঞ্জলি দিয়ে- ফোনটা ধরলাম রাজ্যের এর মন্ত্রী গুরুতর অসুস্থ আমাকে এক্ষুনি আসতে হবে - দশ মিনিটের মধ্যে ঝড় বৃষ্টি মাথায় করে বেরিয়ে যেতে হল মানে যেতে বাধ্য হলাম আরকি... সেই ঘটনার পর টানা দুদিন মৌউ আমার সঙ্গে কথা বলেনি !

মৌউ কিছুটা ঝাঁঝাঁলো স্বরে বলে উঠলো শুধু কী ওই রাত তোমার জন্য কত বিনিদ্র রজনী অপেক্ষা করেছি তুমি তা মনে করতে পারো ? এখনও করে চলেছি অবিরত...

তোমার একটাই অজুহাত কাজ - কাজ আর কাজ অন্য অন্যান্য ডাক্তারবাবুরা কি সংসার ধর্ম পালন করেন না তুমি করেছটা কি ?

কিছুই কি করে নি মৌউ ?

হ্যাঁ করেছো বৈকি অগাধ টাকাপয়সা করেছ ফ্ল্যাট গাড়ি-বাড়ি... ছেলেমেয়েদের ভালো স্কুলে পড়াশোনা- কিন্তু এগুলোই কি সব এ নিয়ে কি বেঁচে থাকা যায় ?

তোমার অভিযোগগুলো হয় তো সত্যি- কিন্তু আমি নিরুপায় মৌউ...

নিরুপায় নাও তুমি ইচ্ছা করে আমাকে অবহেলা করেছো শুধু তাই নয় আমার গর্ভে ধারণ করা ছেলে মেয়েদের দিয়েও আমাকে অপমান করিয়েছো... দিনের-পর-দিন মাসের-পর-মাস দেশের বিভিন্ন শহরে এমনকি বিদেশেও রাত কাটিয়েছো! আচ্ছা তুমি কি বুকে হাত দিয়ে বলতে পারবে একা একা রাত কাটানো যায়? তোমাকে কেউ সঙ্গ দেয় নি ?

তুমি কি বলতে চাইছ সেটা আমি বুঝতে পারছি মিথ্যা কথা বলবো না মাঝে মাঝে সঙ্গিনী জুটেছে - কিন্তু ওই রাতেই শুরু রাতেই শেষ, যাকে বলে সুস্থ যৌন সম্পর্ক কোন হৃদয়ের লেনদেন হয়নি কোনদিন ...

বাহ বেশ বললে তো হৃদয়ের লেনদেন হয়নি- প্রেম বন্ধুত্ব হৃদয়ের লেনদেন কি মহাপাপ তাই না ? সুস্থ যৌন সম্পর্ক কোন পাপ নয় ?

আমি তৃতীয়পক্ষ কার হয়ে কথা বলবো বুঝতে পারলাম না ! দুজনের উদ্দেশ্যই বললাম প্লিজ তোমরা তোমাদের নিজস্ব ব্যক্তিগত ব্যাপারে পরে ডিসকাস করে নিও- প্লিজ এখন ওসব বন্ধ করো - দুজনের ফ্যামিলি আছে ছেলে মেয়ে আছে এখন থাক না, সেন দা প্লিজ থামুন এবার...

****

এরকম ভাবেই কয়েকটি বছর অতিবাহিত হয়ে যায় ...মৌউ কারোর সঙ্গে আর মান- অভিমান ঝগড়াঝাটি করে না- আরে তার সময়ই বা কোথায় ?এখন সে যাকে বলে রাজ্য তো বটেই দেশের মধ্যও একজন ভি,ভি,আই,পি মানুষ ...

অতি সত্বর কোথায় থেকে যে কি হয়ে গেল তা একরকম প্রায় স্বপ্নও বলা যেতে পারে ...

পৌরসভার ভালো কাজ কর্মের দরুদ গত বিধানসভা ভোটে অনায়াসেই টিকেট মিলেছিলো মৌউ- এর সসম্মানে জিতে দু - দুটো মন্ত্রিত্ব পদ খাদ্য ও সেচ দপ্তর ... তার উপর রাজ্য

বিধায়কের কোটায় পার্লামেন্টে রাজ্যসভার ডাইরেক এম,পি - এ তো চাট্টিখানি ব্যাপার নয় !

আর সবই সম্ভব হয়েছে মৌউ- এর একাগ্রতা এবং সফল প্রচেষ্টার কারণে...

মৌউ অবশ্য অন্য কথা বলে সবই নাকি হয়ছে আমার বদন্যতায় আমি না থাকলে নাকি কিছুই সম্ভব হতো না তাই আমার টেক্স কালেক্টরের কাজটি ছাড়তে হয়ছে এক রকম বাধ্য হয়েই - আমি এখন মৌউ এর মুখ্য সচিবের ভূমিকা পালন করছি- তাই তার সাথেই সারাদিন লেপ্টে থাকতে হচ্ছে হিল্লি-দিল্লি করতে হচ্ছে ...

মৌউ বিভিন্ন কোর্সের মাধ্যমে এখন হিন্দি ইংরেজি অনর্গল বলতে পারে - কারণ পার্লামেন্টে তো বাংলা চলে না তাই একরকম বাধ্য হয়েই প্রশিক্ষণ নিতে হয়েছে - তাই তার কথায় মাঝেমাঝে এখন আমাকে হোঁচট খেতে হয় - বিশেষ করে ও যখন হিন্দিতে কথা বলে ... তাই একান্তে যখন দুজনে থাকি অনুরোধ করে বলি- বাংলায় ফিরে এসো মহীয়সী ...

মাঝে মাঝে মৌউ সঙ্গে ভিন রাজ্যে কনফারেন্সে যেতে হয়- ভিন রাজ্যে যখন-তখন পাটনার তো দরকার ?একটা মেয়ে মানুষের ভিন রাজ্য কেন ঘরের বাইরে বেরোনোও তো পাপ...তাই একজন পুরুষ সঙ্গী তো চাই চাই- আর আমার মত মৌউ- এর জীবনে সুজন কেই বা আছে ?

আর সঙ্গী হিসাবে মৌউ আর আমার মধ্যে কোনো বাধাই থাকে না একে অপরের পরিপূরক... ভিন শহরে চক্ষু লজ্জার জন্য দুটো রুম বুক করা হয় ঠিকই... কিন্তু সময় অসময়ে দুটি রুম বা বেডরুম এক হতে বেশি সময় নেয় না !

এই ভাবে দিন যায় রাত যায় কনফারেন্সে শেষে নিজের কুলায় ফিরে আসি... আসার সময় সেই শহরের কোন নামি শাড়ি কোন নামি জুয়েলারি নিয়ে আসি বাড়ির জন্য- গৃহিণীর জন্য সেগুলি পেয়ে তারাও মহাখুশি হয় - কারণ একজন নারীর প্রথম পছন্দ শাড়ি এবং গয়না স্বামীর মূল্য সেখানেই কিছু কম হতেই পারে!

নানান শহর দেশ-বিদেশে ভ্রমণের ফলে অভিজ্ঞতা এবং সুখস্মৃতি মনে একটু একটু করে জমে জমে পাহাড় আকৃতি ধারণ করে... আর সেসব সুখস্মৃতি বা অভিজ্ঞতা থেকেই জন্ম নেয় অজস্র শব্দগুচ্ছ- আর শব্দগুচ্ছ সম্মিলিত হয়ে জন্ম নেয় নানা কবিতা - গল্প- উপন্যাসের!

এইভাবে সজল ও মৌউদুজন দুজনের পরিপূরক হিসাবে- খুঁজে পায় জীবনের দিশা - এগিয়ে চলে জীবনের পথে... আলোর পথে...

ছচ্চত্রিশতম অধ্যায়:-

আজ দিল্লিতে মৌউ - এরগৃহ মন্ত্রীর সঙ্গে জরুরী মিটিং... আমি সমস্ত প্রোফাইল চেক করে দিয়েছি ঠিক কোন কোন বিষয়ে আলোচনা হবে- কোন কোন পরিপ্রেক্ষিতে কি কথা বলবে সব, সব কিছুই...

কিন্তু আমার মন মেজাজ আজ তেমন ভালো নেই মনটা কেমন যেন খচখচ করছে ... আমাকে কিছুটা চিন্তিত দেখে আমার মন মারা ভাব দেখে- মৌউ আমার খুবকাছে এসে সস্নেহে আমার কপালে গায়ে মাথায় হাত বুলিয়ে মৃদুস্বরে বলল না জ্বর তো নেই - কি হয়েছে সজল ?শরীর খারাপ লাগছে তাহলে বলো আমি মিটিং ক্যান্সেল করে দিচ্ছি ...

না না তা করার দরকার নেই আমি ঠিকই আছি...

তবে কেন অমন মনমরা ভাব ?

আসলে কি ভাবছি বলতো মৌউ...

কি ভাবছো ?

ভাবছি অনেক কালতো হল মৌউ- আর কতদিন এই মানুষটাকে মাথায় করে বয়ে বেড়াবে তুমি! নিজেকে বড় লেপ্টে থাকা মানুষ মনে হয় আজকাল ...

ওর আবার কি রকম কথা সজল ? এমন করে কেন বলছো - আমি তো নিজে থেকেই তোমার সঙ্গে লেপ্টে থাকতে চাই... আর বয়ে বেড়ানো বলছ তাহলে তো একই কথা তোমার ক্ষেত্রে প্রযোজ্য তাই না ?

আমরা আমাদের দুজনার ভার দুজনে নিয়েছি- তুমি আর আমি আজীবন সেই ভার বহন করার অঙ্গীকারও করেছি - আজ এ কথা মুখে আনছো কেনো সজল?

হ্যাঁ মৌউ কিন্তু তোমাকে কি করে বোঝাই বলো- মাঝে মাঝে নিজেকে অতি ছোট মনে হয় যেন নিজের কৃতিত্বে কোন কিছু পাওয়া হয়েও হয়না ...সবই তোমার দয়া তোমার দান !

ছি - সজল একথা তুমি মুখে আনতে পারলে? এতদিন আমার কাছে থেকে আমাকে চিনলে না আমাকে নিজের মতো করতে পারলে না?হ্যাঁ আমি তোমার জন্য পার্টি ফোরামে তদবির করি - সুপারিশ করি- যাতে তুমি বড় হও তোমার নাম সারা পৃথিবীতে ছড়িয়ে পড়ে... কিন্তু সেখানে আমি তো শেষ কথা নই সকলে আমার কথায় সম্মতি জানায় - তোমার কৃতিত্বকে সম্মান করে তবেই তো পুরস্কারের জন্য নির্বাচিত করেন তাই না ?

তোমার কৃতিত্বেই তুমি রবীন্দ্র পুরস্কার জ্ঞানপীঠ পুরস্কার ইতিমধ্যে পেয়েছো- কিছুদিন পর ভারতরত্ন সম্মানে ভূষিত হতে চলেছে এতে আমি যে সবচেয়ে খুশি - তুমি কি খুশি নও?

নিশ্চয়ই খুশি কিন্তু...

কোন কিন্তু নয় তোমার প্রাপ্য সম্মান তুমি তোমার লেখনীর মধ্য দিয়ে আদায় করেছো- এই কৃতিত্ব তোমারিই প্রাপ্য সজল!

কিন্তু এই ঋণের ভার যে আমি বইতে পারছিনা মৌউ- ঋণের ভারে জর্জরিত হয়ে যাচ্ছি পলে পলে !

আমার কাছে ঋণ ... হাসালে সজল! যখন একজন গৃহবধূ স্বামী-সংসার ছেলে মেয়ের কাছে ব্যাকডেটেড অবাঞ্ছিত হয়ে আত্মহত্যার কথা ভাবছে... তখন তোমার সহচার্যে- তোমার ভালবাসার ছোঁয়ায় সে আবার নতুন করে বাঁচতে শিখেছে... তোমার ভরা সংসার ফেলে আমার কত অন্যায় আবদার মিটিয়েছে ...এমনকি তুমি আমাকে স্ত্রীর মর্যাদা দিতেও দ্বিধা করোনি !

তোমার অক্লান্ত প্রচেষ্টায় সৎ পরামর্শ পাওয়ার জন্য আজ আমি দেশ ও দশের মধ্যে একজন হতে পেরেছি ... একজন গুরুত্বপূর্ণ মন্ত্রী এটা কি আমার পক্ষে কম পাওয়া সজল...যদি বলি উল্টে আমি বরং তোমার কাছে ঋণী সজল ।

ইদানিং কি মনে হয় যেন মৌউ তোমায় বোধ হয় আমি হারাবো- এই ভয় আমাকে গ্রাস করতে চাই ... যদি সত্যিই তুমি হারিয়ে যাও - তখন আমার কি হবে মৌউ?

 না সজল তোমায় ছাড়া আমি ভাবতে পারিনা তুমি আমার ছায়া তুমি আমার কায়া... মরনেও বিচ্ছেদ হবে না কোনদিনও... তুমি তো শুধুমাত্র আমার পরম বন্ধু না- আমার উপদেষ্টা আমার পথপ্রদর্শক সর্বোপরি আমরা স্বামী-স্ত্রী কেউ জানুক না জানুক ঈশ্বর তা জানেন...

 দিদি ও হয়তো অনুভব করে তোমাকে আমার সঙ্গে ছাড়তে তার বুকে বাজে কিন্তু মুখ ফুটে কিছুই বলে না ! কারণ মেয়েরা সব ভাগ দিতে রাজি কিন্তু স্বামীর ভাগ দেওয়া বড় কঠিন... আচ্ছা সজল তোমাকে কোনদিন আমাদের সম্পর্ক সম্বন্ধে কিছু বলে না ?

তেমন কিছু নয় তবে গতকাল আসার সময় দেখলাম মনটা একটু ভার ভার... আর বলল মশাইয়ের কবে আসা হবে ?

আমি কিন্তু দিদির সঙ্গে কোনদিন খারাপ ব্যবহার করিনি দিদিও তাই - জানিনা আমাদের আসল সম্পর্কের কথা জানলে কি করত ?

এখন ওসব কথা থাক মৌউ তোমার দেরি হয়ে যাবে- এই দেখো

খামোখা অকথা কুকথা বলে তোমার দেরি করে দিলাম...

 না ওকিছু নয় চারটেই মিটিং এখনো সময় আছে - অমন করে গোমরা মুখে বসে থাকলে আমি কিন্তু মিটিং ক্যানসেল করতে বাধ্য হবো ...

 না মৌউ তুমি নিদ্বিধায় মিটিং এ যাও আমি ঠিক আছি...

এই তো লক্ষ্মি ছেলের মত কথা আসলে কি জানো সজল বারবার তোমাকে কেন সঙ্গে করে নিয়ে আসি দুজন একটু নিরিবিলিতে একাকী থাকবো বলে ...নিজের ফ্ল্যাটে দিদির সামনে ছেলে মেয়েদের সামনে তোমাকে তেমন ভাবে তো পায় না আর চাইও না !বাইরে হাওয়া বদল এর সাথে সাথে তোমার সঙ্গ লাভ এটাই তো আমার পরম পাওয়া! সত্যি কথা বলতে কি এখন শরীর তেমন ভাবে আর সাড়া দেয় না ... জানি না তোমার শরীর আগের মত সাড়া দেয় কিনা ? কিন্তু এক আধ বার হলে মন্দ হয় না- তোমাকে আলিঙ্গন করলেই স্বর্গ সুখ পায়! তোমার কথায় প্রেরণা পাই অজস্র মুখের ভিড়ে আজও তোমার মুখটাই শুধু মনে পড়ে বার বার... কেন এমন হয় বলোতো?

ওই শ্যামের বাঁশি বাজল বুঝি- গাড়ি এসে হাজির আর আদিখ্যেতা না দেখিয়ে বেরিয়ে পড়ুন ম্যাডাম - তবে দেখবেন প্রধানমন্ত্রীর পাল্লা ভারী দেখে ঝুঁকে পড়বেন না যেন... আমার কথা মনে রাখবেন ! এমন বাঙালি সুন্দরী মন্ত্রী কে দেখে প্রধানমন্ত্রী না প্রেমে পড়ে যান !

ও হরি এখন বোঝা গেল তোমার মন খারাপের আসল কারণ- ঠিক আছে ফিরে এসে জমিয়ে ডিনারের পর তাজ হোটেলের শীততাপ নিয়ন্ত্রিত কক্ষে মৃদু নিয়ন বাতির আলোয় নিজেকে উজাড় করে দিয়ে সব অভিমান গলিয়ে জল করে দেবো কেমন...

ওকে বাই বাই...

হাত নেড়ে বিদায় নেয় মৌউ...

সাইত্রিশতম অধ্যায়:-

সন্ধ্যা ছটা নাগাদ মৌউ হোটেলে ফিরে এলো- আমি হোটেল লনে বসে ছিলাম ও আমাকে রহস্য করে বললো- এই যে মশাই আমি এসে গেছি কারো পাল্লা ভারী দেখে ঝুলে পড়েনি কিন্তু ...তুমি একটু বস আমি একটু ফ্রেশ হয়ে নি কেমন ?

আমি বললাম তোমার মিটিং কেমন হলো ?

ফ্যান্টাস্টিক... মানে রাজ্যের সমস্ত বকেয়া এক - দু মাসের মধ্যেই প্রেমেন্ট করে দেবেন বলেছেন ...মনে হয় রাজ্যটা এবারের মত বেঁচে গেলো বুঝলে...

খানিকবাদে বাথরুম থেকে আওয়াজ এলো আজ খুব ভ্যাপসা গরম... সজল এসোনা তুমিও একটু ফ্রেশ হয়ে নাও না...

তুমি কখন আসবে তার ঠিক নেই সেইজন্য আমি একটু আগেই ফ্রেশ হয় তোমার অপেক্ষায় বসে আছি- তুমি তাড়াতাড়ি এসো... অনেক গল্পগুজব হবে, দেখো আকাশে কেমন সুন্দর চাঁদ উঠেছে...

খানিক পরে আবার মৌউ - আর গলা আমার প্রিয় সুগন্ধি তেল টা দিয়ে যাও না প্লিজ- আমার পার্সোনাল ব্যাগের মধ্যে আছে!

এক অদ্ভুত খেলায় মেতেছে মৌউ সেটা আমার অজানা নয়, কিন্তু রাতে তাহলে কি হবে?

একেতো শরীর ভালো মতন সাড়া দেয় না মৌউ কে তো খুশি করতে হবে? অনেকদিন পর সে নিজেকে উজাড় করে দিতে চাইছে... সব মেয়েরিই ইচ্ছে করে নির্জনে একাকী স্নান ঘরে প্রিয় পুরুষ মানুষের সঙ্গে একান্ত কিছু সময় কাটাতে - তাকে আদর সোহাগে ভরিয়ে দিতে আর নিজেকে ও পরিপূর্ণ করতে...

কি গো শুনতে পেলে না নাকি?

আরে আসছি... আসছি...

তেলের শিশিটা হাতে নিয়ে বাথরুমের দরজায় টোকা মারার সঙ্গে সঙ্গে মৌউ দরজাটি খুলে এক ঝটকায় আমাকে ভেতরে ঢুকিয়ে দরজা বন্ধ করে দিল-

অগত্যা কি আর করা...

মৌউ - এর অর্ধনগ্ন ভেজা শরীর থেকে অজস্র মনি মুক্তা ঝরে

পড়ছে... ভীরু হরিণীর চোখে সলজ্জ দৃষ্টিতে মৌউ আমার দিকে তাকিয়ে আছে আমিও অবাক বিস্ময় ভাবছি পঞ্চাশোর্ধ নারীর শরীরে এত রূপ- এত লাবণ্য? যেন এক অপূর্ব খাজুরাহো- ভাস্কর্য ফুটে উঠেছে সারা শরীর জুড়ে... কিছুক্ষণ অবাক বিস্ময়ে তাকিয়ে রইলাম ওর দিকে...

সাওয়ারের জল তখন আমাদের সর্বাঙ্গ ভিজিয়ে দিচ্ছে... অনেককাল আগে দেখা একটি সিনেমার গানের কথা মনে পড়ে গেল" টিপি টিপি বরষে পানি, পানিমে আগ লাগাই" ফিলিম মহড়ারবীনা ট্যান্ডন ও অক্ষয় কুমারের লিপে বৃষ্টিতে ভিজতে ভিজতে উদাম নিত্য...

এই নির্জন বিদেশ-বিভুঁইয়ে নির্জন প্রশস্ত হোটেলের বাথরুমে আমি অক্ষয় আর মৌউ কি রবিনা হতে পারে না ?

রুবিনা ছিল ছিপছিপে লম্বা হিল্লিলে শরীরের ,মৌউ - এর একটু মেদ জমেছে কিন্তু মন্দ নয় - আমার না হয় ছোউ একটু ভুঁড়ি তাতে কি আমার নায়িকা মৌউ- এর সঙ্গে দিব্যি মানানসই...

আমাকে কিছুক্ষণ চুপচাপ থাকতে দেখে মৌউ বললো কি মশাই অমন হ্যাবলার মত তাকিয়ে দেখছো কি - আমার শরীর গাছে কোন দিন উঠোনি বুঝি ?

দুই হাত প্রসারিত করে আমাকে স্বাগত জানালাম মৌউ -আমি আর দেরি না করে ঝাঁপ দিলাম মৌউ- এর বুকে - আমাকে জাপ্টে ধরে মাথায় -কপালে - ঠোঁটে অজস্র চুষ্বনে ভরিয়ে দিতে

লাগলো ... অল্পক্ষণের মধ্যেই দুজনারিই শরীরের সমস্ত পোশাক খসে পড়লো !

মৌউ - এর শরীর নাগিনীর মতো আমার শরীর যেন পেচিয়ে পেচিয়ে ধরেছে -পঞ্চাশোর্ধ নারীর শরীরে এত যৌনতৃষ্ণা ভাবতে অবাক লাগছে কিন্তু হেরে গেলে তো চলবে না - আমিও নাগ রূপে মৌউ - এর গোপনাঙ্গে একাধিকবার ছোবল দিতে শুরু করলাম !

আমার বিষের জ্বালায় পরম আশ্লেষে মৌউ চোখ বুজে মুখে আ... উ... নানা রকম মৃদু শব্দ করতে লাগল...

নাগ নাগিনী রুপিমানব- মানবীর শরীরের সঙ্গম বেশ কিছুক্ষন স্থায়ী হলো ... একত্র অবস্থায় মৌউ কে কানে কানে বললাম এখন শুধু থ্রিলার হলো আসল পিকচার রাতে হবে কেমন?

আরো এক প্রস্ত আঁকড়ে ধরে মুখে আওয়াজ করলো অ্যা...উ... কানটা আলতো করে কামড়ে দিয়ে আরো একবার নিমগ্ন হলো গভীর আলিঙ্গনে- নেভার আগে যেন জ্বলে ওঠা...

তারপর মৌউ একটু শান্ত হয়ে বাহুর বাঁধন আলগা করে আমাকে ছেড়ে দিলো- আমারও একই অবস্থা কিন্তু মুখে বললাম কি হল তোমার শরীর জুড়িয়েছে ? আমার আগুন কিন্তু অখনো জ্বলছে মৌউ ...

আমার বুকে মাথা রেখে মৃদুস্বরে মৌউ বলল তোমার সব জ্বালা সব আগুন রাতে নিভিয়ে দেবো সজল ...

দুজনেই দুজনার বুকের হৃদস্পন্দন অনুভব করছি - আজ বুঝি দুজনার হৃদপিণ্ডটা বড় লাফাচ্ছে - আর জানান দিচ্ছে সময় বোধহয় শেষের দিকে ...

দুজনই ফ্রেশ হয়ে হোটেল বারান্দায় ইজি-চেয়ারে পাশাপাশি বসেছি...   আকাশটা পরিষ্কার দেখা যাচ্ছে মেরিগোল্ড বিস্কুটের মধ্যে চাঁদ উঠেছে- চাঁদের আলোয় পৃথিবী যেন হাসছে!

আগস্ট মাসের শেষ বৃষ্টি কমে যাওয়াতে আকাশে ঝকঝকে-তকতকে পুজো পুজো ভাব...

দুটো হট কফির অর্ডার দেওয়া ছিল কলিংবেলের শব্দ হতেই আসছি বলে উঠে পড়ল মৌউ...

ধোঁওয়া ওড়া কফিতে চুমুক দিতে দিতে মৌউ বলল একটু ওয়াইন খাবে ? এই হোটেলে কিন্তু খুব ভালো ওয়াইন পাওয়া যায় অর্ডার করবো ?

আমি সহাস্যে বললাম- মন্দ হয় না, সুর- সুরা আর সুন্দরী নারী না হলে জীবনের তো ষোল আনাই ফাঁকি তাই না?

কিন্তু এইভাবে সরকারি পয়সায় বয় ফ্রেন্ডকে নিয়ে ফুর্তি করাটা কি ঠিক হবে ?

আমার কথা শুনে মৌউ ফোস করে উঠলোবলল জানো সজল অন্যান্য মিনিস্টার রা দিনে কত লক্ষ টাকা হোটেলের বিল করে আমার মনে হয় আমি সবচেয়ে কম খরচা করি !

তোমার কি অজানা পুরুষ মিনিস্টাররা রাতে শহরের নামকরা মডেলদের বুকে করে- শ্যাম্পেনের ফোয়ারা ওড়াই ! আর ওই সব মডেলের এক রাতে কত ভাড়া তোমার আন্দাজ আছে ?

আমি না নয় বিনামূল্যের বয় ফ্রেন্ডকে নিয়ে একটু ওয়াইন খাব- তাতে সরকারের বা জনগনের কোন ক্ষতি হবে না সজল !

ডোন্ট মাইন্ড ঠাট্টা করছিলাম- ঠিক হ্যায় কই বাত নেহি ... কাল তো চলে যেতেই হবে আজকে রাতটা না হয় স্বপ্নের মত কাটুক ...

কালই কেন চলে যেতে হবে? তুমি চাইলে সপ্তাহ খানেক থাকতে পারি সজল!

তাই নাকি?

নিশ্চয়ই...

তাহলে আটটায় ওয়াইন দশটায় ডিনার কেমন? জাস্ট মিনিট আমি অর্ডার দিয়ে এখনিই আসছি!

মৌউ মোবাইলটা বিছানায় ফেলে এসেছে তাই বিছানাই বসেই অর্ডার করছে ডিনারের সব মেনু আমার কানে আসছে সবই প্রায় আমার পছন্দের - আগে আমাকে জিজ্ঞাসা করত এখন আমার সব পছন্দ অপছন্দ মৌউ - এর কণ্ঠস্থ হয়ে গেছে ...

আটত্রিশতম অধ্যায়:-

মৌউ সাদা রংয়ের গোলাপি পাড় যুক্ত একটি তাঁতের শাড়ি পরেছে খোপায় দিয়েছে একগুচ্ছ জুঁই ফুলের মালা- জুঁই ফুলের গন্ধে পরিবেশটা মাতাল হয়ে উঠেছে... চাঁদের আলোয় বারান্দা ভেসে যাচ্ছে কোন কৃত্রিম আলোর প্রয়োজন নেই !

যথা সময়ে ওয়াইন এলো সঙ্গে আনুষঙ্গিক সমস্ত সামগ্রী যাকে বলে টপ টু বটম...দুপাশে দুটো ইজি চেয়ার তার মাঝখানে ছোট একটি ডিম্বাকৃতির টেবিল তাতে সজ্জিত সমস্ত সামগ্রী ...

তাহলে শুরু করা যাক?

হ্যাঁ অবশ্যই শুভস্য শীঘ্রম...

দুটো পেগ বানিয়ে দুজনে চিয়াস করে করে গলাধঃকরণ করলাম... তারপরে মৌউ বলল আর একটা করে নেয়া যাক- না হলে নেশাটা ঠিক জমে না- কি বল?

ও সিয়র ...পর পর আরো একটি করে পেগ...

মৌউ- এরচোখে নেশা লেগেছে আমারও তাই - এবার তাহলে মুখ একটু আগুন দেওয়া হোক...

সিওর... সিওর ...

লাইটারের সাহায্যে নামী ব্র্যান্ডের সিগারেট ধরালো মৌউ আমার মুখেও আগুন দিলো ...

একরাশ ধোঁয়া খোলা আকাশে ছেড়ে দিয়ে মৌউ হা হা করে হেসে উঠলো...

এমন কি হল হঠাৎ করে এমন হেসে উঠলে?

আচ্ছা সজল সত্যি করে বলতো মন থেকে চাইলে জীবনে কি সবকিছু পাওয়া যায় ?

হ্যাঁ ঠিক তাই ... চাওয়ার মতো চাইলে পাওয়া যায় বৈকি ...

তোমার আমার কথায় ধরনা তোমাকে আমি কৌশরে চেয়েছিলাম কাছে পেয়েছিলাম - তারপর বিচ্ছেদ কয়েকটা বছর, মাঝে তোমার বিবাহ সন্তান-সন্ততি ঘর-গৃহস্থালির নিয়ে বেশ ছিলাম, হয়তো বা ছিলাম না।

তারপর আবার তোমার আমার পরিচয় - দেখা হওয়া ক্রমশ ঘনিষ্ঠতা - দুজনের সম্মতিতে সিঁদুর দান মধুচন্দ্রিমা যাপন ! তারপর আবার দুটো ফ্যামিলি প্রতিবেশীর ভূমিকায়- দুটো ফ্যামিলিতে আমাদের নিয়ে এখনো পর্যন্ত কোন অভিযোগ নেই প্রায় - আঠের কুড়ি বছর কাটিয়ে দিলাম ...

দুঃখ কি বলতো সজল আমরা দুজনে স্বামী-স্ত্রী হয়েও লুকিয়ে লুকিয়ে মিলিত হতে হয় অন্য রাজ্যের কোন হোটেলে কোন সরকারি কাজে বা অন্য কোন আছিলায় !

আচ্ছা মৌউ আমাদের এই সম্পর্কে তোমার কোন গ্লানিবোধ কোন পাপ বোধ হয় না ?

দু'জনার সংসার আছে বলে তাইতো ? মানুষ একাধিক বিবাহ করে - যদিও হিন্দু মতে একাধিক বিবাহ সমর্থনযোগ্য নয় কিন্তু অনেকে তা করে তো - তারা যদি দোষী না হয় তাহলে আমাদের বেলাই দোষটা কোথায় ?

তুমিতো সংসার কোনো ফাঁকি দাও নি আর যদি আমার কথা বল- সে তো কবে থেকেই আমাদু সংসারের সবাই ছেড়ে চলে গেছে স্বামী- সন্তান -মেয়ে তাতে দুঃখ নেই তুমিই আমার সব সজল ...

তোমার দোষ বলতে মাঝে মাঝে আমার সঙ্গে রাত কাটাও একসাথে শোয় - বিছানা শেয়ার করো , শরীরে শরীর মেশায়- আর আমায় ভালোবাসো ও খুব ... বলতে বলতে মৌউ হাপুস নয়নে কেঁদে উঠলো ...

মৌউ এর মাথা বুকে টেনে বললাম কাঁদছো কেন? যদি অজান্তে তোমার মনে দুঃখ দিয়ে থাকি তাহলে ক্ষমা করে দিও প্লিজ বিশ্বাস করো দুজনে একটু স্বীকার করতে চাইছিলাম- তোমাকে অযথা দুঃখ দিতে চাইনি ...

অশ্রুসিক্ত নয়নে মৌউ বলল তোমাকে বিশ্বাস করি বলেই সমাজ - সংসার সমস্ত চক্ষু লজ্জা বিসর্জন দিয়ে- তোমাকে আঁকড়ে ধরে আছি আর যতদিন বাঁচবো ততদিন তোমাকে অবলম্বন করেই বাঁচবো সজল -তুমি বারবার একই কথার পুনরাবৃত্তি করে আমাকে দুঃখ দাও কেন ?

তুমি তো একবার বলেছিলে বাঁচা আর বাড়ায় নাকি জীবনের মূল লক্ষ্য আমরা তো তাই করছি সজল !

হ্যাঁ নিশ্চয়ই মৌউ কোথাকার সেই সজল দাস ওয়ার হাউসের কর্মচারী, বেতন মাসে ছয় থেকে সাত হাজার...

আজ বিখ্যাত কবি- সাহিত্যিক- বুদ্ধিজীবী রবীন্দ্র, জ্ঞানপীঠ পুরস্কার আমার ঝোলাতে আর আগামী মাসে ভারতরত্ন খেতাব... নিজস্ব গাড়ি সুদৃশ্য ফ্ল্যাট - অগাধ বিলাস বৈভব...

আর আমার ব্যাপারটা মৌউ বন্দ্যোপাধ্যায় সেন - ডাক্তার গৃহিণী অবহিত- লাঞ্ছিত পদদলিত- অপমানিত আজ রাজ্যের পূর্ণমন্ত্রী- পার্লামেন্টে রাজ্যসভার সদস্য- হাজার হাজার লাখ লাখ মানুষ আমার সমর্থনে!

তোমার কাছে আমার অশেষ ঋণ মৌউ !

 না সজল শুধু তুমি না আমিও তোমার কাছে অশেষ ঋণী... সঠিক সময়ে তোমার সহচর্য না পেলে সত্যিই আমি ছবি হয়ে যেতাম- তুমি আমাকে নতুন করে জীবন দান করেছ আমার এই জায়গার জন্য তোমার কাছে আমার অপরিসীম ঋণ...

ঠিক আছে আমরা নাহয় দুজন দুজনার পরিপূরক একে অন্য ছাড়া জীবনই বৃথা ...

এসো দুজনে জীবনের অন্তিম লগ্ন পর্যন্ত পাশাপাশি থাকার অঙ্গীকারবদ্ধ হই আর একবার জীবনের জয়গান নতুন করে গেয়ে উঠি ...

মৌউ তার দুটি হাত বাড়িয়ে দিয়েছ আমার দিকে আমিও তার হাত খানি মুঠোয় ভরে নিস্পলক দৃষ্টিতে দুজন দুজনের তাকিয়ে আছি - দুজনেরই চোখ দিয়ে ঝরে পরছে অজস্র আনন্দ অশ্রু ...

এমন সময় কলিংবেল এর শব্দ শুনে মৌউ সচকিত হয়ে বলল বোধহয় ডিনার এলো... নিজেকে একটু গুছিয়ে নিয়ে ঠিকঠাক হয়ে, আসছি বলে গেটের সম্মুখে গেল...

দুজনে খুব তৃপ্তি করে ডিনার সারলাম - একটু আগে চোখের জলে বৃষ্টি হয়ে যাওয়ায় মৌউ এর মনের আকাশে যেন পূর্ণিমার চাঁদ উঠেছে- আমার দেখে খুব ভালো লাগলো কারন নারীজাতির হাসিতে সংসার স্বর্গ হয়ে ওঠে ...

মৌউ একবার বাথরুম থেকে ঘুরে এসে বিছানা গোজ গাজ করতে লাগল- শয়নের প্রস্তুতি আর কি... আমাকে চুপচাপ থাকতে বসে থাকতে দেখে তীর্যক ভঙ্গিতে বললো কি নেশার ঘোরে গাছে উঠতে পারবে তো না পিছলে পড়বে ?

চিন্তা নেই আছড়ে পাছড়ে নিশ্চয়ই পারবো...

দেখো বেশি নখ - টোখ নেই তো বেশি রক্তাক্ত হলে এত রাতে কিন্তু ডাক্তার পাওয়া যাবে না...

চিন্তা নেই ডাক্তার দরকার হবেনা আমি দু - একটি ইনজেকশন দিলেই সব সেরে যাবে !

ও মশাই কবে থেকে আবার ডাক্তারি শুরু করলে ?

যেদিন তোমার সিঁথিতে সিঁদুর দিলাম সেদিন থেকেই তোমার মনে নেই মৌউ...

বলি নতুন নিডল পাল্টাবে না নাকি সেই পুরনো তেই কাজ চালিয়ে নেবে? দেখো ইনফেকশন না হয়।

ভয় নেই সখি এই নিডল তোমার জন্যই বরাদ্দ...

মিথ্যা কথা আর একটা রুগী যে তোমার ফ্লাটে আছে!

ও রুগী হানডেট পারসেন নিরাপদ ওর থেকে কোনো ইনফেকশন ছড়াবে না !

নানা রুপ খোশ গল্পের পর-

বেড রুমে দুজনে দুজনের দুটো শরীর নানা ভঙ্গিমায় লঘুগুরু যোগ ব্যায়াম করে কতক্ষণ কেটেছে কে জানে ?

যখন চোখ মেলে চাইলাম ঘড়িতে তখন 4:10 মৌউ অর্ধনগ্ন অবস্থায় তখনও আমাকে বাহু ডোরে বেঁধে রেখেছে দৃঢ় ভাবে আঁকড়ে আছে গুপ্তধনের মতন... যেন এই বাঁধন কোনদিন ছেড়া যাবে না !

উনচল্লিশতম অধ্যায়:-

মিলে জো তুম হামকো বড়ে নাসিবোসে চুরালইয়া ম্যায়নে কিস্মত লাকিরও কে...

মৌউ - এর নামী আইফোনে মিষ্টি মধুর সুরে নেহা কাক্কার টনি কাক্কার এর কণ্ঠে গানটি বাজছে - অদ্ভুত ভালো লাগার আবেশে পাশাপাশি হোটেলের প্রশস্ত লনে আমরা বসে আছি ! আজিই কলকাতার ফেরার কথা ছিল কিন্তু দুজনারিই ইচ্ছে না থাকায় রয়ে গেছি- বাড়িতে ফোনে জানিয়ে দিয়েছি যে গতকাল জরুরী কাজ থাকায় প্রধানমন্ত্রী সাহেব মিটিং ক্যানসেল করেছিলেন আজ মিটিং হবে !

দুধের বাটির মতো গোল চাঁদ উঠেছে আকাশে আজ পূর্ণিমা বুঝি ...

পুরনো দিনগুলো ছায়া ছবির মতো চোখের সম্মুখে ভেসে আসছে সত্যিই অনেক ভাগ্য গুনে তোমার মত বান্ধবী পেয়েছিলাম মৌউ কোথায় ছিলাম আমি ? সত্যিই তোমাকে পেয়ে জীবন আজ ধন্য...

আমিও তো তোমাকে পেয়ে জীবনের পূর্ণতা পেয়েছি সজল ...মান সম্মান অর্থ ও প্রতিপত্তির রূপ-রস-মধু-গন্ধ জীবনে যা চেয়েছি তাই পেয়েছি জীবন একেবারে ষোল কলায় পরিপূর্ণ !

কিন্তু অতীতটা মাঝে মাঝে খোঁচা দেয় সে সমস্ত দিনের কথা মনে এলে চোখ ফেটে জল আসে- ডাক্তার সেন যখন বিদেশে একটা কনফারেন্স এর ডাক পেল মেয়েটা বছর ছয়, ছেলে দু -বছর , আমি বললাম চলো না ফ্যামিলি সমেত বিদেশ মানে জাপানে ঘুরেই আসি ডাক্তার সেন কি বলেছিল জানো ?তোমার মত আনকালচার্ড মহিলাকে নিয়ে বিদেশে এযে স্বপ্নেরও অতীত ... তাছাড়া বাচ্চাকাচ্চা নিয়ে বিদেশ যাওয়া অসম্ভব ;

সেই যে আত্মসম্মানের লেগেছে আর কোনদিন বলিনি ও মাঝে মাঝে আমাকে বলেছে যাবার কথা... কিন্তু আমি বলেছি আমার যদি সামর্থ্য থাকে একদিন আমি নিজেই যেতে পারবো - সেই স্বপ্ন আজ সত্যি হয়েছে সজল আমরা মনে করলেই যে কোনদিন সসম্মানে বিদেশ যেতে পারি তাইনা ?

তোমার আত্মসম্মানের ব্যাপার আমার বিগত দিনের করুন কাহিনী শুনে তুমি অবাক হবে আমার কপালে কোনদিনই ভালো চাকরি জোটেনি...

আজ এখানে তো কাল ওখানে আবার মাঝে মাঝে বেশ কিছুদিনের জন্য কমহীন জীবন- কি যে দুর্বিষহ তুমি ভাবতে পারবে না...

যখন টিউশনি করতাম মেরেকেটে মাসে আসতো চার - পাঁচ হাজার তাতেই ম্যানেজ করা যেত- কিন্তু হত কি দেখা যেত মাসের শেষে চার - পাঁচ জন ছাত্র- ছাত্রী আর টিউশনে আসতোই না তাদের হয়তো বিগত তিন চার মাসের মাইনেও বাকি !সে তো গেল আবার সৌরভ টিউশন ছেড়ে দিয়েছে শুনে গৌরব ও পরের দিন থেকে আসতো না ! ফলে ফিক্সট কোন ইনকাম থাকতোই না ...

কতদিন টিউশন করেছ?

একটানা বেশি দিন না দুই চার বছর- আবার নিরুপায় হয়ে শুরু করতে হয়েছে!

তুমি তো জানোই মৌউ ওয়ার হাউসে কাজ করতাম কোনটা স্থায়িত্ব দু - তিন বছর খুব বেশি হলে পাঁচ বছর তার বেশি থাকত না ! জাহাজের নোঙর ফেলার মত নির্দিষ্ট বা সঠিক কোন বাসস্থান নেই ওয়ার হাউস উঠে গেলে সেখান থেকে তল্পিতল্লা গুটিয়ে অন্যত্র চলে যেত !

আবার নতুন করে খোঁজখবর নেওয়া শুরু - সহজে তো কাজ হাতে পাওয়া যায় না !

কি করতে তখন ?

কোন রকমে এক সন্ধ্যা এক বেলা খাবার জুটত কোনদিন জুটতো না ... দুই টাকা পাঁচ টাকা অথবা শুধুমাত্র পাঁচ টাকা মূল্যের একটা ম্যাগী খাবার জন্য ছোট মেয়ে ওর মায়ের কাছ থেকে কত বকা খেতে মার ও বাদ যেত না- সব বুঝে সুজে ও মুখ বুজে থাকতে হয়েছে- তারপর দু চারদিন পর ধুলাগরে বড়বাজারে কুলির কাজ করতে বাধ্য হয়েছি।

কুলি মানে রেল স্টেশনে যেরকম কুলি দেখা যায় ওই রকম?

না ঐরকম না ওটা একটা সবজি বাজার ওখানে বিভিন্ন সবজি ওঠানো-নামানো হয় ! ওজন নেহাত কম নয় সামান্য আলু পিঁয়াজের বস্তা ৫০ থেকে ৬৫ কেজি- দিনে প্রায় তিন চারশো বস্তা বইতে হত তাছাড়াও শসার বস্তা ১০০ থেকে ১১০ কেজি- আরো অন্যান্য ১০০/১৫০ বস্তা বইতে তো হতোই...

বাবা ঐরকম খাটুনির কাজ তুমি করতে পারতে ?

করতে হত মৌউ...জল ছাড়া মাছ যেমন করে বাঁচে সেই রকম ভাবেই করতে হতো - দিনান্তে তিন চারশো টাকা হাতে আসত উপরি পাওনা নানান গালি-গালাজ, খিস্তি- খেউড় নানান জনের মাতব্বরি, রাজনৈতি দাদারের অন্যায় অত্যাচার সহ্য করতে হতো- পার্টির মিটিং এ পতাকা হাতে খাটাখাটুনি করতে হতো আরো কত কি ?

ওই কাজ তুমি কতদিন করেছিলে?

মাস তিন চার ...

তারপর ...

তারপর আবার ওয়ার হাউস কাজ - তার যা রীতি রেয়াজ কিছুদিন চলার পর পরিযায়ী পাখির মত এই জেলা থেকে ওই জেলায় রাজ্য থেকেই রাজ্য পাড়ি জমাতো... আমরা তো পরিযায়ী পাখি নয় তাই তাদের সঙ্গে পাল্লা দিয়ে বাসা বদলাতে পারতাম না ...

বাধ্য হয়ে একটা বিস্কুট ম্যানুফ্যাকচারিং কাজ নিয়েছিলাম ...সেখানে সর্বত্র ৭৫ থেকে ৮০ ডিগ্রী তাপমাত্রা তার উপর ৮ ঘণ্টায় ৩০০ থেকে সাড়ে ৩৫০ প্যাকেট ৫০ কেজি ওজনের ময়দার বস্তা হপারে ঢালতে হতো - কী অমানুষিক পরিশ্রম করতে হয়েছে আজ ভাবলে ভীষণ অবাক লাগে...

আর সবচেয়ে বেশি দুঃখের বিষয় কি জানো সেখান পান থেকে চুন খসলেই ছোটো - বড় নানান চ্যালা - মুন্ডাদের অকথ্য গালিগালাজ শুনতে হত ৩২২ টাকার বিনিময়! কোন ভালো মানুষের বা কোন শিক্ষাগত যোগ্যতার প্রয়োজন হত না চাকরির পাওয়ার ক্ষেত্রে - সবই হত লেবার কন্টাকটারের ইচ্ছেমতো ...

ওখানে বায়োডাটার কোন মূল্যায়ন হতো না যতই শিক্ষিত হোক না কেন সব্বাই কুলি - কামিনা - মজুরের দলে...শুধু পেটের দায়ে সংসার চালানোর স্বার্থে মেশিনের সাথে সঙ্গে পাল্লা দিয়ে লড়ে চলা ।

এই ভাবেই বছরের পর বছর সংসার সংসার চালানো - বড় কঠিন হয়ে পড়তো- ছেলে মেয়েকে ভালো মত খাওয়াতে পারতাম না ;একসাথে দুটো ব্লাউজ কেনাই গিন্নির সঙ্গে একদিন তুলকালাম হয়ে গেল- আমি রাগান্বিত হয়ে বললাম মাসের শেষ- মাইনে কবে পাবো ঠিক নেই, এই সময় তোমার রূপ দেখানোর সময় হলো ? কয়েকদিন কথা বলাও বন্ধ হয়ে গেছিল- মাথায় আগুন জ্বলে উঠল নিজেকে ঠিক রাখতে পারতাম না !

ঘরে কি অশান্তি লেগেই থাকত ?

অশান্তি লেগে থাকত বললে ভুল হবে- জান মৌউ সংসারের ব্যাপারে অর্থনীতি ব্যাপারে তোমার দিদি খুব সিরিয়াস, কিন্তু অন্যদের দেখাদেখি কিছু সময় নিজেকে হয়তো ঠিক রাখতে পারতো না! আমার অবস্থাও তৈথবচ... যখন মন মেজাজ ভালো থাকতো দুজনে সুখ-দুঃখের অনেক গল্প করতাম ...ও বলতো আমাদের সুসময় কি কোনদিন আসবে না গো? ভগবান সারা জীবন এই ভাবেই কাটিয়ে দেবেন ?

জানিনা , আমি তো চেষ্টা করে যাচ্ছি কিন্তু কোথাও কোন কূলকিনারা পাচ্ছিনা !

তাইতো তুমি যখন কর্পোরেশনের চাকরির অফারটা দিলে শুনে ওই প্রথমে বলেছিল- দেখনা কি হয়- পুরনো বন্ধু যখন বলছ যাওনা - দেখ না কি হয় !

চল্লিশতম অধ্যায়:-

যদি জানতো নিজেই খাল কেটে কুমির আনবে- তাহলে কি তোমাকে চাকরি করতে পাঠাতো ? শুধু তো খালি কুমির নয় নিজের সতীন ?

অমন করে বলো না মৌউ,আজ তোমার জন্যই আমাদের এই রকম পরিবর্তন সম্ভব হয়ছে - নিজস্ব গাড়ি, বড় ফ্ল্যাট , মান-সম্মান প্রতিপত্তি বিলাসব্যসন সব সবকিছু ...

যে মেয়েটা দিনে-রাতে ছাপা শাড়ি পড়ে কাটত দুটো ব্লাউজ কেনার জন্য ঝগড়াঝাঁটি পর্যন্ত হত - বেনারসি ছাড়া (বিয়েতে দেওয়া এক - দু হাজার টাকা মূল্যের) ব্যমকাই, কাঞ্জিভরম, ইক্কত, জামদানি শাড়ি কেনা তো দূর অস্ত ঐ সমস্ত শাড়ির নামই জানত না বা জানলেও ছুঁয়ে দেখার সাহস পেত না! সেই মেয়েটা আজ কোনটা ছেড়ে কোনটা পড়বে ভাবতে ভাবতে দিন চলে যায় ...যার জন্য যেটা সম্ভব হয়েছেসেই মেয়েটা নিশ্চয়ই নিজের সতীন কেও সহ্য করতে অসুবিধা হবে না !

আচ্ছা সজল তুমি কি বলতে চাইছো দিদি আমাদের সম্পর্কের ব্যাপারে সব জেনেশুনেও মুখ বুজে সব সহ্য করে ?

হতেও পারে হয়তো ও সবটাই জানে এও অনুভব করে স্বামীর ভাগ কাউকে দেওয়া যায় না- কিন্তু সারা জীবন নেই- নেই মানে চাল নেই, ডাল নেই, গ্যাস নেই- দেখে দেখে নিজেকে পরিবর্তন পরিমার্জিত করে নিয়েছে। হয়তো অনুভব করেছে ৪৫-৫০ বছর বয়সে এসে- দুজন দুজনার শরীর ঠিক তেমনভাবে সাড়া দেয় না- তাই নিজেদের চাহিদা তো দিনে দিনে নিম্ন থেকে নিম্নতর হতে হতে তলানিতে ঠেকেছে ! এ ব্যাপারে তুমি হয়তো একমত হবে মৌউ শারীরিক মিলন মাসন্তে এক - দুবার হলেই যথেষ্ট তাই না ?

হয়তো সবকিছু জেনে বুঝেই মনে মনে এই সিদ্ধান্তে উপনীত হয়েছে যে স্বামীকে ছেড়েছি তাতে কি ? কত পুরুষ মানুষই তো নিজের সুন্দরী স্ত্রীকে ছেড়ে পতিতালয় রাত কাটায় - আমার স্বামী না হয় পুরনো প্রেমিকার সাথে মাঝে মাঝে বিছানা শেয়ার করে তাতে ক্ষতি কি ?

দিদি কি ওই রকম ভাবতে পারে সজল ?

পারে বৈকি এমন ভাবাটাই স্বাভাবিক- এসব ব্যাপারে মেয়েদের একটা ষষ্ঠ ইন্দ্রিয় কাজ করে! আমরা যতই লুকানোর চেষ্টা করি না কেন ঠিক বুঝতে পারবেই - তুমিও নিশ্চয়ই তা স্বীকার করবে ?

অবশ্যই... মাঝেমাঝে ভীষণ খারাপ লাগে একথা ভেবে যে

তোমাকে আমার করে নিতে গিয়ে - তোমাকে তোমার সংসার থেকে বিচ্ছিন্ন করে নিয়ে তোমার সুখ-শান্তির বিঘ্ন ঘটায়নি তো ?

না মৌউ ব্যাপারটা তা নয় সংসার থেকে আমি বিচ্ছিন্ন হয়ে নি ,আর হবোও না কোনদিন... কিন্তু সমস্যাটা ঠিক কোন জায়গায়!

কোন জায়গায় ?

কথায় আছে না এক ফুল দো মালি আমার ক্ষেত্রে ঠিক উল্টোটা... দো ফুল এক মালি - দুটো ফুল যাতে শুকিয়ে না যায় - দুটো ফুলকে সযত্নে রাখতে ... অধিক কষ্টের সাথে মিথ্যাচার ও যোগ করতে হয় মাঝে মাঝে- তাই মনের দিক থেকে সাদ পায় না !

কিন্তু আমি এও চাইনা যে জলের বিহনে দুটো বাগান শুকিয়ে যাক !

ঠিকই বলেছ সজন দো ফুল এক মালি...

কিন্তু কি জানো মৌউ এনিয়ে আমার কোন দুঃখ নেই আমি বেশ সুখেই আছি- এই যে তাজ ফাইভ স্টার হোটেলে দুজনে মধুচন্দ্রিমা যাপন করছি তাতে আমি ও তুমি দুজনেই সুখী ...

আমার যখন আমার নিজস্ব ফ্ল্যাট গিয়ে উঠবো তখন আমার স্ত্রী অনেকদিন পরে আমাকে কাছে পেলে হয়তো আদর সোহাগে ভরিয়ে দেবে !

আদর সোহাগটাই কি সব সজল ?

সব নয় ঠিকই কিন্তু অনেকটাই... আর তুমি নিজেও টা অস্বীকার করতে পারবে না ! বেশিরভাগ সংসার বেশিরভাগ দাম্পত্য ভেঙে পড়ার মূল কারণ আদর সোহাগ- তার সাথে যুক্ত আছে ভালোবাসা বন্ধুত্ব বা সমঝোতার অভাব ...

ঠিকই বলেছ সজল...

হান্ডেট পার্সেন্ট ঠিক মৌউ তোমার আমার সম্পর্ক টা ধরো না- বিশ্বাস- সমঝোতা বন্ধুত্ব আর মাঝে মাঝে আদর-সোহাগ এটা সব তরকারিতে লবনের মত প্রযোজ্য - সংসার জীবনের সুখের মূল চাবিকাঠি !

বাহ বেশ বললে তো- সেই জন্যই তুমি তো আমার সত্যিকারের লেখক আমার প্রিয় কবি...

আর কিছু নয়?

আমার প্রানোনাথ, আমার মধু লুঠনকারী প্রাণভোমরা ...

চলো আজ অনেক রাত হল সামান্য আহারাদি সেরে- প্রাণ ভরে মধু পান করা যাবে সুসজ্জিত প্রাসাদে...

ইয়েস অফকোর্স - মাই ফ্রেন্ডস এন্ড প্রাণ ভোমরা...

চলো সুইট হার্ট...

বড় জানতে ইচ্ছে করে এখনো কি তোমার কাছে আমি সুইট আছি?

তুমি সবসময় আমার আমার কাছে সুইট মৌউ তোমার উজ্জ্বল দীপ্তিময় চোখ চিরদিনই আমার কাছে পরম বিস্ময়!

হ্যাঁ? আর কিছু না?

আরো আছে বৈকি বিছানায় তোমার বুকের পুরুষ্ট দুটি স্তন তার মাঝে কালো রঙের তিলটা ওই নজর কাঠিটা আমাকে আজও পাগল করে দেয় ...

ও তাই নাকি ?

সত্যি বলছি মৌউ - তাই তোমার সঙ্গে বিছানায় যেতে আমার তর সয়না - মনে হয় ...

কি মনে হয় ?

মনে হয় তোমার ওই বিস্তৃত আপেল দুটো আঁকড়ে ধরে এই জীবনটা কাটিয়ে দি ...

আর কালো রঙের তিলটা - যেন অগাধ জীবন সমুদ্রে ছোট্ট একটি তরী - যাকে অবলম্বন করেই পৌঁছে যাব জীবনের ওই পারে ...

চলতে থাকবে...

" চিলেকোঠায় রোদ্দুর " এর পরবর্তী অংশ চতুর্থ খন্ড শীঘ্রই প্রকাশিত হবে ...

সুধী পাঠক পাঠিকা বৃন্দ কেমন লাগছে " চিলেকোঠায় রোদ্দুর " জানাতে ভুলবেন না ...

আমার ইমেইল আইডি...

patragopal561@gmail.com